KB143388

바쁜 웃음꽃

신시문학 다섯 번째 이야기

신시문학 다섯 번째 이야기

초판 발행 2014년 12월 1일
지은이 신시문학회

펴낸이 안정현 펴낸곳 코드미디어
북 디자인 Micky Ahn 교정 교열 최윤성
등록 2001년 3월 7일
등록번호 제 25100-2001-5호
주소 서울시 은평구 갈현1동 419-19 1층
전화 02-6326-1402 팩스 02-388-1302
전자우편 codmedia@codmedia.com

ISBN 979-11-86104-06-4 03810

정가 10,000원

이 책의 판권은 지은이와 코드미디어에 있습니다.
잘못 만들어진 책은 교환해드립니다.

웃음꽃 책

강근숙 김옥자 류성자 박성석 백복선 이은 한복녀 강명숙 김순려 김현천 변영희 정

미디어

회장 인사

　한낮의 가을 해는 청명함에 눈이 부십니다. 코끝에 스치는 풀냄새를 느끼며 논두렁길을 걸어 봅니다. 누렇게 익어가는 벼이삭들의 탐스러운 모습을 보기 위한 것도 있거니와 옛 시절 메뚜기를 잡으러 다니던 아련한 추억이 생각나서입니다. 요즘 농촌에는 친환경농사를 위해 우렁이를 많이 이용한다지요. 한여름 내내 우렁이는 질퍽한 논바닥을 기어서 잡초를 뜯으며 농부의 수고를 덜어 주지요. 미처 물기가 마르지 않은 논바닥에 올망졸망 모여 있는 우렁이는 막바지 가을걷이를 위해 마지막까지 힘을 내고 있는 농부의 모습 같아 참으로 아름답게 보입니다. 이런 생각도 잠시 지척에서 농부가 우렁이를 바구니에 담는 모습이 보입니다. 봄부터 가을까지 정말 수고한 우렁이지만 마지막엔 농부의 밥상에서 생을 마감하는구나 생각하니 씁쓸한 생각에 발걸음이 무거워졌습니다.

　그날 저녁 내내 머리엔 온통 우렁이 생각뿐이었습니다. 생애 절반을 논 주인을 위해 목숨까지 바치면서 온 힘을 다했건만, 삶의 끝은 허무하기 이를 데 없는 우렁이의 삶이 밤새도록 잊혀지지가 않더군요. 글공부를 하기 전에는 이런 여린 마음을 가져 본 적이 없었습니다. 문학창

작활동을 하면서 제 가슴 깊은 곳에서 아름다운 감성이 되살아남을 느껴봅니다. 참으로 다행스럽고 기쁜 일입니다.

　올해는 정말 안타까운 일들이 많이 일어났던 한 해였습니다. 세월호 사건은 여전히 가슴 한 켠이 아린 참으로 슬픈 일로 기억될 것입니다. 하지만 수많은 아픔을 앞에 놓고 서로 간의 갈등으로 또 한 해를 허비하고 있는 모습에 안타깝기도 합니다. 내년에는 모두에게 아픔이 없는 한 해가 되길 기원해 봅니다.

　이런 어지러운 현실세계 속에서도 우리 신시문학회 문우님들은 곱고 아름답고 감성적인 작품들을 내놓으셨습니다. 더욱이 올해는 많은 문우들께서 새롭게 우리 신시문학회에 참여하셨습니다. 함께하는 새로운 인연에 감사드럽니다. 올해로 신시문학회가 다섯 번째 동인지를 출간하게 된 것은 회원님들이 서로서로 애쓴 덕분입니다. 아울러 이번 동인지 발간에 직접 참여하지는 못하셨으나 도움의 손길을 주신 신시문학회원들께 고마움을 전합니다.

　한 해 동안 지도해주신 지연희 교수님께도 깊은 감사를 드립니다.

신시문학회 회장 채수동

Contents

강근숙

김옥자

Contents

이춘

한복선

장명순

김순례

Contents

김현찬

경용현

김교숙

파트 여섯

신사문학 다섯 번째 이야기

강근숙

먼 길을 가려면 동반자가 있어야 한다.
곁에 있는 것만으로도 의지가 되는 속 깊은 사람,
수필 같은 사람이었으면 좋겠다.

작가 소개

『한국수필』수필부분 신인상 당선 등단, 한국문인협회, 파주 문인협회, 신시문학회
회원, 문파문학 운영이사, 파주문학회회장, 경기도 문화관광해설사
저서: 수필집『흑백사진』공저『분홍빛 그리움』외 다수

광풍에 스러진 꽃잎

올봄은 이상고온으로 꽃들이 한꺼번에 피었다 서둘러 가버렸다. 열흘 전만 해도 일제히 꽃망울을 터트려 눈부시던 벚나무가 바람 부는 대로 꽃잎을 흩뿌린다. 오랜만에 인적 드문 능역 벚나무가 늘어선 하얀 길을 걸었다. 꽃잎은 나무둥치를 떠나지 못하고 발치마다 소보록하게 쌓여있다. 떨어진 꽃잎이 곱다. 차마 밟을 수 없어 쪼그리고 앉아 아직 향기가 묻어 있는 발그레한 꽃무덤을 들여다본다. 산과 들이 연둣빛으로 피어나는 봄은 모든 이들이 꿈꾸는 희망의 계절이다. 꽃 피고 순 돋는 계절에 일찍 떨어진 꽃잎을 보며, 진도 해역에 침몰한 세월호 참사가 아픔으로 겹쳐진다.

사고가 난 그날만 해도 전원 구조되었다기에 천만다행이라 가슴을 쓸어내렸다. 그런데 선체는 점점 기울어 물속으로 가라앉고 믿기지 않는 참사소식이 이어졌다. 망망대해도 아닌 우리의 바다 인근 해역에서 말이다. 침몰한 세월호는 인천과 제주를 오가는 국내 최대 규모의 여객선이다. 5백여 명의 승선자 중에는 수학여행을 떠나던 고등학생들이 단체로 타고 있어 학생들의 희생이 많았다. 안개 때문에 출항을 못할 뻔한 배가 인천 앞바다를 가르며 움직일 때 아이들은 설렘으로 얼마나 두근거렸을까. 그렇게도 부풀었던 수확여행은 영영 돌아오지 못할 길이 되었다.

세월호가 진도 앞바다에서 침몰한 지 열흘이 지났다. 구조 현장에는 뒤늦게 민간잠수부와 첨단장비가 본격 투입하여 기적을 바라지만 구조 소식은 들려오지 않는다. 인간이 가장 견딜 수 없는 것은 사랑하는 사람이 눈앞에서 고통을 당하거나 죽어가는 것을 어찌할 수 없이 바라볼 때이다. 짐승도 제 새끼가 죽임을 당하는 것을 본 어미는 창자가 까맣게 타들어간다. 잡혀가는 새끼를 쫓아 사흘 밤낮을 내달린 어미 원숭이의 창자가 토막토막 끊어져 죽었다는 고사는 괜스레 꾸며낸 말이 아니다. 하물며 바로 눈앞 차가운 바다 속에 자식이 있는데 속수무책 바라볼 수밖에 없는 부모의 고통을 어찌 말로 하겠는가.

팽목항에 한 스님이 제단을 만들어 희생자의 넋을 위로하는 백일기도를 시작했다. 실종자 가족들이 제단에 하나 둘 음식을 올려놓았다. 배 안의 친구들과 먹으라는 듯 치킨 두 마리를 올려놓았고, 누군가는 아이가 피자를 좋아했다며 커다란 피자 한 판을 올렸다. 밥과 과일, 탄산음료까지 차려져 기도를 올리는 제단은 아이들의 밥상이 되었다. 간절한 기도와 가슴 찢는 바람만 휘몰아치는 팽목항은 말하는 사람도 선뜻 말을 건네는 사람도 없다. 망연자실 검은 바다만 바라보는 실종자 가족들 - 자식의 장례를 치른 부모들은 그들이 머물고 있는 진도체육관을 다시 찾는다. 그 아픔을 알기에, 먼저 장례를 치른 것을 미안하게 생각하며 진정으로 위로하고 슬픔을 끌어안는다.

온 나라가 슬픔에 빠져있다. 곳곳에 분향소가 차려지고 애도의 발길이 줄을 잇는다. 이 비극을 어떤 악마가 시작한 것일까. 과연 신이 있기라도 한 것일까. 공부하라면 하고, 가만히 있으라면 그대로 따르던 말 잘 듣던 착한 아이들에게 이건 너무 가혹하지 않느냐고 신을 원망하며 금촌역 앞 합동분향소를 향해 걸었다. 상복차림의 남자들이 서성이는 금촌역 광장은 비까지 내려 어둡고 침울하다. 우산을 받은 조문객 행렬은 끝없이 이어지고 무사귀환을 염원하는 노란 리본은 빗속에서 함께 눈물을 떨구고 있다. 꽃 한 송이 바치고 애통해 하면 이 슬픔 덜어지려나. 나이 먹은 사람이 푸르디푸른 영혼에게 국화꽃 바치는 일은 차마 못할 일이어서 가여운 넋, 부디 편안한 곳에 영면하기만을 빌었다.

세월호 참사로 목숨을 잃은 이들의 애절한 사연이 아프게 들려온다. 결혼을 앞둔 승무원은 승객의 구조를 돕다가 죽어서야 부부가 되었고, 머나먼 땅으로 시집와 행복을 가꾸던 베트남 여인도, 결혼 일 년 만에 어렵사리 신혼여행을 가던 부부도, 하루아침 몰아친 광풍으로 소중한 삶이 스러졌다. 학생들의 수학여행을 인솔하던 교감은 3백 명 이상 사망과 실종자를 낸 대형 참사에서 구사일생으로 구조되었으나, 죄책감에 시달리다 끝내 죽음을 택했다. 아이들을 안전하게 지키지 못한 어른은 죄인이다. 자식 같은 제자들의 죽음 앞에 살아 있다는 그 자체가 고통이었던 교감은 차디찬 바다 속에 갇혀 오가지 못하는 아이들 곁으로 다시 돌아갔다. 그곳에서 선생노릇을 하겠다는 유서를 남기고.

위급한 상황에 처하면 인간의 본성이 드러나게 마련이다. 무수한 생명을 앗아간 이번 참사는 사람의 양극단을 보여준 사례다. 가라앉는 배 안에 갇힌 승객을 버리고 도망간 선원들이 있는가 하면, 목숨을 내던지고 승객을 도운 의로운 승무원도 있었다. 배가 기울며 벽이 바닥이 되자 열린 출입문을 닫아 탄탄한 바닥이 되게 만든 뒤, 수십 명을 구출한 박지영 승무원은 "언니도 어서 나가야죠"하자 "너희들 다 구하고 난 나중에 나갈게, 선원은 마지막이다"하며 학생들을 도왔다 한다. 물이 차오르는 선실에 갇혀 구명조끼마저 친구에게 양보한 어린학생도, 마지막까지 제자들을 구하려던 선생님도 안타깝게 목숨을 잃었다. 모두 거룩한 죽음이다. 생과 사가 교차되는 갈림길에서 스스로 빛이 되어 삶을 완성한 이들은 세상을 밝히는 등대가 되었고, 캄캄한 어둠에서 우리는 희망을 보았다. 가족 잃은 슬픔으로 깊은 절망에 빠진 유족들이 하루빨리 고통과 상처를 딛고 일어섰으면 좋겠다. 봄이 봄 아니고 꽃이 꽃답지 않은 잔인한 계절이 느리게 지나간다.

^{수필} 나를 품어 키워준 둥지

　낯익은 고향 길이다. 주내에서 문산으로 가는 중간에 위치한 파주읍 향양리에는 허리 굽은 노모와 자연과 더불어 순박하게 살아가는 형제들이 살고 있다. 향양리向陽里라는 우리 동네이름은 조선의 성리학자 우계牛溪 성혼成渾선생의 묘소가 있어, 많은 제자들이 서당을 세우고 태양을 바라보듯 하였다 하여 붙여진 이름이다. 나지막한 산자락을 의지한 동네 안능안, 우계마을, 서적개, 생말, 발이골 다섯 개의 작은 마을이 있는 향양리는 조상이 뼈를 묻고 부모의 땀방울이 배인 논과 밭이 있는 곳이다. 언제 어느 때 찾아와도 정겹고 푸근한 곳, 내 유년의 발자국이 새겨진 산골마을 향양리는 나를 품어 키워준 고마운 둥지이다.

　서적개, 생말을 지나 발이골 들머리에 '명성산캠프장' 팻말이 보인다. 초등학교 친구네 가지 밭을 지나, 푸른 들판을 가로질러 들어가면 3면이 산으로 둘러싸인 깊은 골짜기가 나온다. 아래쪽에는 미니 풀장이 있고, 시원하게 물을 뿜는 분수대 주변 나무 그늘에는 색색의 텐트가 빼곡하다. 사촌동생이 얼마 전에 개장한 캠프장이다. 문을 연 지 얼마 안 되어 찾아오는 이가 없으면 어쩌나 걱정했는데 빈자리가 없어 보기가 좋다. 우리는 아무도 없는 제일 꼭대기 옥수수 밭 옆에 자리를 잡았다. 아이들이 텐트를 치는 동안 캠핑장 주위를 한 바퀴 돌았다. 분수대 위 평지에는 열댓 명도 앉을 수 있는 텐트가 두엇 쳐 있고, 옛 우물터 앞에는 매점도 있었다. 식수대, 샤워장, 화장실도 깨끗해 집을 나왔어도 전혀 불편함이 없을 듯하다. 이렇게 깊숙한 곳에 보물처럼 숨겨진 골짜기가 있을 줄이야. 이 근방 산길은 초등학교 다니던 길목이라 손바닥 보듯 훤한데 여기는 와본 적이 없다.

아이들은 소꿉놀이하듯 요리를 하고 상을 차린다. 간단하게 조리하면 금방 먹을 수 있는 음식과 다양하고도 편리한 야외용품이 이렇게 많은 줄을 몰랐다. 해가 설핏해 더위가 가시자 셋째 동생 내외가 엄마를 모시고 왔고, 사촌 여동생은 밭에서 금방 따서 찐 옥수수와 복분자열매, 맥주까지 배낭에 가득 짊어지고 나타났다. 최상의 만찬이 준비되었다. 엄마는 자리에 앉기도 전에 "여기가 난리 통에 너를 낳은 능골이야" 하신다. 6.25 사변이 터지자 피난 가서 나를 낳았다는 말은 들었지만, 여기가 그곳일 줄이야. 텐트 바로 옆 산비탈이 나를 낳은 움막 터라니 고향을 제대로 찾아온 셈이다.

전쟁이 끝나 집으로 돌아간 후 엄마는 이 골짝을 올 일이 없었다. 60년이 넘어 생각지도 않게 이곳을 다시 찾았으니 얼마나 감회가 새로울까. 엄마는 그 끔찍했던 전쟁과 피난살이의 산증인으로 어제의 일인 양 생생하게 기억하고 있었다. 중공군이 밀고 내려와 향양리 사람들은 보따리를 싸가지고 이 골짜기에 움막을 짓고 살았는데, 골이 깊어 다행히 적의 눈을 피할 수 있었다 한다. 도토리 줍고 나물 뜯어 멀건 죽으로 가까스로 연명하는 가운데 내가 태어난 이야기가 이어진다. "펄펄 끓는 복중에 움막에서 산통이 시작되는데 먹은 게 있어야 힘을 주지. 꼬부랑 할머니는 '어미나 살리자'며 법원리로 의사를 데리러 보내고, 할머니는 정화수 떠놓고 한나절을 빌었는데 오후 세시가 되니까 할 수 없이 기어 나오더라"하시며 웃으신다. 쌀이 없어 백동식이네서 쌀 한 양재기 꿔다가 첫국밥을 끓였고, 면사무소에서 애 낳았다고 안남미 한 말을 줘서 젖을 물릴 수 있었다는 이야기를 들으며 스물네 살 안쓰러운 엄마의 모습이 떠올라 얼른 고기 한 점을 입에 넣어 드렸다.

이곳 능골은 세상에 태어나 젖을 물고, 처음 입을 떼면서 엄마를 부른 골짜기다. 엄마, 엄마, 살면서 힘들고 고통스러울 때 나지막이 엄마를 얼마나 많이 불렀던가. 위급한 상황 무의식중에 튀어나오는 이름도 엄마요, 생을 거둬들일 때도 마지막 부르는 이름도 엄마라는 소중하고도 슬픈 이름이다. 엄마라는 단어는 대체 어떤 힘을 가졌기에 고통 속에서도 부르면 힘이 솟고, 곁에 계시다는 것만으로도 의지가 되는 것일까. 이 세상에 엄마라고 부를 수 있는 엄마가 있는 사람은 가장 행복한 사람이다. 지금 내 곁에는 엄마가 계시고, 나를 엄마라고 부르는 아들과 사랑하는 희석이와 동생들이 있다. 어둠이 내리는 산골에 앉아 시원한 맥주에 옥수수, 달콤한 복분자를 먹으며 행복하다. 엄마 얼굴을 바라보고 모여 앉아 피난살이 이야기가 밤늦도록 꽃을 피운다.

엄마와 동생들은 돌아가고 앉았던 의자를 뒤로 젖혀 하늘을 올려다본다. 얼굴에 와 닿는 밤이슬이 기분 좋게 촉촉하다. 소풍가듯 가벼운 마음으로 나왔는데 뜻밖에 많은 선물을 받은 느낌이다. 며느릿감도 자연스레 인사를 시켜 좋았고, 내가 태어난 자리에서 엄마와 함께 즐거운 시간을 보낼 수 있어 행복했다. 사람들은 자기를 품어 키워준 둥지를 늘 그리워한다. 파주에서 나서 평생을 파주에 살아도 탯줄을 묻은 골짜기에서 보내는 오늘밤은 각별하다. 어둠이 사위를 둘러싸고 흐린 하늘에는 별 하나 깜빡인다. 저 별은 내게 어떤 교신을 보내는 것일까. 총알이 빗발치는 전쟁 속에 목숨 걸고 낳아 주셨는데 그 값을 했느냐고 묻는 것만 같다. 흐린 하늘에 반짝이는 저 별 같이, 과연 나는 이 세상에 꼭 필요한 사람이었던가. 육십갑자 한 바퀴 돌아온 자리에서 이제야 나를 만나 지난 세월을 되새겨본다.

사람들이 잠에 빠진 한밤중은 산짐승들의 세상이다. 여기저기서 '국국' '국국' 부르는 소리, 슬픈 사연 그리도 많은가 소쩍새 울음소리 애절해 잠을 이룰 수가 없다. 외로워서 '국국' 서로 찾던 짐승들은 등 기대고 잠들었는지 이내 조용하다. 깊은 정적을 깨고 먼 데서 개 짖는 소리가 시끄럽다. 새벽닭 우는 소리도 우렁차게 들린다. 두어 시간 흘렀을까. 칠흑의 어둠도 힘찬 장닭 울음소리에 놀라 달아나고 산과 나무는 서서히 빛을 찾는다. 밤새 나무에 기대 앉아 나를 돌아보며 우주의 맑은 기운을 흠뻑 들이마시고 나니 어느새 자연과 하나가 되었다. 풀벌레가 일제히 깨어나 생명의 기쁨을 노래하는 청정지역 능골에서 다시 태어난 듯 참으로 경이로운 아침을 맞는다.

바쁜 웃음꽃

깨진 그릇 - 붉은 머리 오목눈이

수필

초여름 풀숲에는 수많은 생명이 깃든다. 요즘 들어 부쩍 작은 새들이 재재대며 부산한 것을 보니 아마도 보금자리를 꾸미는 모양이다. 며칠에 한 번 해설사로 근무하는 임진강가에 자리한 반구정은 조선초기의 문신 황희선생 유적지이다. 오늘도 반구정에 올라 임진강 건너 드넓고 비옥한 장단평야를 바라본다. 먹잇감이 풍부한 임진강 주변 습지에는 계절이 바뀔 때마다 철새들이 찾아오고 텃새가 둥지를 튼다. 새들의 지저귐을 들으며 한가롭게 경내를 돌아보는데, 관리직원이 다가와 붉은 머리 오목눈이 새알이 있다고 귀띔을 한다.

맑은 날씨였지만 은밀한 곳에 둥지를 틀어 잘 보이지가 않는다. 어른 가슴 높이쯤 되는 산철쭉 가지사이에 정말 꼬리가 긴 오목눈이가 알을 품고 있었다. 포란 중인 새는 예민하다. 눈을 동그랗게 뜨고 불안해하더니 어디론가 날아갔다. 어미 새는 주위를 떠나지 않고 지켜보고 있으련만 가지를 젖히고 둥지를 들여다보았다. 검불로 견고하게 만든 조막만한 둥지에는 파란 구슬 여섯 개가 들어있다. 가슴이 두근거렸다. 개구쟁이 동생들이 산으로 들로 다니며 새알을 꺼내다 솜으로 덮어놓고 새끼를 깬다고 모험하던 시절 새알 구경을 하고는 처음이다. 그것도 저렇듯 파란 알은 본 적이 없다.

먼 산에서 뻐꾸기가 운다. 봄이 깊어 뻐꾸기 울음소리가 들려오면 뱁새나 개개비, 휘파람새, 산솔새 등 작은 새들에게는 그 소리가 전쟁 선포처럼 끔찍하게 들릴 것이다. 뻐꾸기는 남의 둥지에 알을 낳아 키우도록 하는 못된 습성이 있다. 붉은 머리 오목눈이는 뱁새라고 부르는 아주 작은 새이다. 뱁새 둥지는 언제나 암컷뻐꾸기의 표적이 된다. 5월에 도착한 철새 뻐꾸기는 기진맥진해 둥지를 틀고 새끼 칠 기력이 없어, 뱁새처럼 작은 새둥지에 침입해 알을 먹어치우고 똑같은 색깔의 알을 낳는다. 먼저 깬 뻐꾸기 새끼는 아직 깨지 않은 뱁새 알을 필사적으로 밀어 둥지 밖으로 떨어뜨린다. 뱁새는 자기 새끼를 죽인 원수인 줄도 모르고 자기 몸의 무려 열 배나 큰 뻐꾸기 새끼가 둥지를 떠난 뒤까지 먹이를 물어다 보살핀다. 크기가 똑같은 여섯 개의 파란 알을 보며 누룩 뱀이나 뻐꾸기에게 발견되지 않은 것이 천만다행이라 여겼다.

새끼가 깨어났다. 알에서 깬 지 이삼 일 됐을까. 신비한 모습을 찍으려고 카메라를 들이대자 아직 눈도 뜨지 못한 새끼들은 어미가 먹이를 물고온 줄 알고 주둥이를 짝짝 벌린다. 본능적으로 먹이를 찾는 모습이 참으로 경이롭다. 오목눈이 부부는 부지런히 먹이를 나를 것이고, 새끼들이 자라면 둥지 밖으로 데리고 나와 날갯짓을 가르칠 것이다. 아직 깨어나지 않은 알 하나마저 어서 깨어나 여섯 마리 새끼가 나뭇가지 사이를 포르르 날아다니기를 빌었다. 바쁘게 오가며 먹이를 물고 둥지로 향하던 어미 새가 위협을 느꼈는지 둥지 주변을 맴돈다. 어미 새는 민감하다. 인간이 얼마나 위협적인 존재인지 새의 처지에서 헤아리지 못했다는 걸 뒤늦게 깨닫고 얼른 둥지에서 멀어졌다.

어미 새는 먹이가 풍부한지 위험요인은 없는지 치밀하게 살피고 둥지를 튼다. 누룩 뱀과 뻐꾸기가 설치는 계곡을 피하여 조용한 유적지에 보금자리를 마련한 것도 침입자를 피해서이다. 새끼들의 깃털이 얼마나 자랐을까 눈은 떴을까. 설마 침입자는 없었겠지. 새들의 근황이 궁금해 해설하러 가는 날이 길게만 느껴진다. 가자마자 둥지부터 살폈다. 빈 둥지였다. 닷새 만에 왔는데 그새 둥지를 떠난 것이 못내 아쉽고 섭섭하다. 날개를 파닥이며 나는 모습을 보고 싶었는데, 창공으로 힘껏 날아오르라고 응원해주고 싶었는데, 아무리 둘러봐도 오목눈이는 보이질 않는다.

새끼들은 날아간 것이 아니라 수난을 당했다. 누룩 뱀도 뻐꾸기도 아닌 인간에게. 눈도 뜨지 못한 새끼들은 관람객의 기척에 어미인 줄 알고 짹짹거리다 호기심 많은 아이의 눈에 뜨인 모양이다. 다섯 마리 새끼들을 장난감처럼 가지고 놀다가 죽여서는 깨어나지 못한 알까지 둥지 아래 조르르 간격을 맞춰 놓았다 한다. 아무렇지도 않게 생명을 죽이는 아이를 부모는 바라보고만 있었단 말인가. 생명은 소중하다고, 자연동산에서 모든 생명들은 함께 사는 것이라고 가르쳤다면 팔딱이는 새의 심장을 멎게 하지는 않았을 것이다. 붉은 머리 오목눈이에게 미안하다. 사전 지식도 없이 관찰사진을 얻으려는 욕심에 카메라를 들이댄 무지한 내 행동이 부끄러웠다.

작고 여린 생명이 거친 세상에 온전히 살아남기란 쉬운 일이 아니다. 언제나 당하기만 하는 어리석고 순진한 오목눈이에게 제발 좀 약게 살라고, 뻔뻔스런 뻐꾸기에게 당하지만 말라고 일러주고 싶지만 어쩌하겠는가. 그것이 힘센 놈들이 사는 방법이고 자연의 섭리인 것을. 강자의 횡포에 나뒹구는 깨진 그릇, 약자들이 살아가는 어두운 현장에는 매일 다른 방식으로 가혹행위가 벌어지고 있지만 담 밖에서는 알지 못한다. 억울하게 죽는 목숨, 힘없는 생명들이 안타깝고 측은하다. 생존경쟁에서 살아남으려 그 작은 몸으로 동동거리며 얼마나 숨 가쁘고 힘들었을까. 속 모르는 이들은 '뱁새가 황새 쫓아가다 가랑이가 찢어진다' 빈정대지만, 묵묵히– 둥지 없는 남의 새끼도 품어주고 자연에 순응하며 살아가는 붉은 머리 오목눈이는 착하고 어리숙한 이웃의 한사람이다.

김옥자

노오란 은행잎처럼 떨구고 비워내고 비워
무량할 수 있다면
다시 한걸음 나아가리라.

작가 소개

경기 파주 출생. 「문파문학」 시 부문 신인상 당선 등단, 한국문인협회 회원, 문파문
학회 운영이사, 신시 문학회 부회장 한국문인협회 파주지부 회원,파주 문학 회원.
수상 : 2013 신시 문학상
저서 : 『가급적이면, 좋은』, 『꽃사이사이, 바람』

바람이 손님으로 왔다

한 철 부르는 뻐꾸기 울음소리 안고
바람은 손님으로 왔다
꽃 피는 화사함 속 잎 잎의 여분 담아
벼린 햇살과 함께 한 호흡 참아 주다
6월 장맛비처럼 시도 때도 없이
고개 내밀며 그늘 짜기도 하고
일상의 물기 어린 행간 속으로
바람이 손님으로 왔다
무심한 듯 무심하지 않게
잘 자란 바람들이 타관객지만 잦추다
더 이상 푸를 수도 만개할 수도 없을 때
흔하게 엮어진 시래기다발 같은 고단함 속
웅크리고 앉아 물구멍들을 밀어내다
한뎃잠 자며
저항인 듯 아닌 듯 끊임없이
세상의 허허로운 풍경 속 풍화, 예견하기도 하며
바람은 손님으로 다녀갔다
잊지 않고 찾아오는 손님처럼
일생의 안부 물으며 마당 한 귀퉁이

돌아나갈 때면 온몸에 바람이 들었는지
귀앓이 하듯 몸살 앓듯
열꽃을 피우며 욱신욱신거렸다

검은 점퍼

제비꽃 무장다리꽃 민들레 겹씨들도 설렁설렁 앞서가며
들뜬 음악소리 뒤따른 강화 나들길
구겨진 점퍼 하나
간밤 빗물에 씻기다 말라붙은 검불, 송홧가루와 엉긴 채
습기 시린 바닥에 뒹굴고 있다
지난 날
들뜬 하루를 즐겼을 점퍼는
간질이는 햇발에도 아랑곳 않고
어제의 발자국이 오늘 낯설게 하듯
예리한 송곳이 할퀴고 지난 통증 부여잡고
개켜지지 않는 몸으로 또 하루를 절름거리고 있다
고공행진 하며 금탑 쌓았던 욕망
하강하며 휘몰아온 바람에
그 시간 접으며 담배 피워 물었던 것
나들길 마다 붉은 영산홍 웃음꽃
행선지 아는 걸음들은
들뜬 몸 끌고 나른나른 가는데
바닥만이 기댈 곳이라는 듯 구겨진 몸 비비며
방향 잃은 길에서
무릎 접고 있는 점퍼

화살나무

자기의 이름만으로 상처가 되는
'위험한 장난'이라는 꽃말을 가진 화살나무가
과녁의 심장 겨냥하며 단호해질 줄 알았는데
어느 생의 핏빛 비밀 감춘 듯
제 가슴에 품었던 말의 살煞, 접고
나무 끝 화살촉 달지 않아
허공으로 걸지 않았다
이름에 업힌 듯 박혀 있는 화살이라는
주술을 버리듯
발의 살煞을 비껴
땅속으로 땅속으로만 살을 꽂은 화살나무
마디마디 패인 살갗 열어
초록 잎 틔우더니
이웃과 이웃 담모퉁이
중앙 차로 경계에서
붉디붉은 얼굴로
가슴 열어 가을 맞고 있다

마른 씨

노박 덩굴 씨앗이 빠짝 마른 시간 쥐고
다 헐어져가는 옹색한 터에 앉아 있다
산 아래 도회지 바람은
한적하던 산 중턱까지 야금야금 파고 들어와
그 바람에 문 열어 준 몇몇 씨들 제 터 내어 주고
긴 줄기를 따라 이웃하던 으름나무 씨앗마저도
낯선 곳으로 이사했는지 언제부턴가 보이지 않는다
이역만리 정처 모를 곳으로
거처를 옮겨주겠다는 가벼운 깃의 부류들은
호시탐탐 내 터를 배회하다 돌아가고
낯선 사람들의 기척은
언제나 내게서 뭔가를 꺼내려 해
경계의 대상이었다
노박 덩굴로 비탈지고 궁색한 터에서
조상님 뵈올 날 손꼽고 있긴 하지만
내 몸에 불 다 꺼도 정신만은
그대들이 원하는 고속도로론 가지 않으려 한다

그 방에서

한 곳 쏘아보는 불빛에 기가 질려
팔딱이던 심장도 엎드린 시간
수천 생각의 파란이 링거줄 따라
생. 사의 결을 움켜쥔
이승의 손잡이 하나 없는 허방일 것 같은 곳
긴장감이 살갗 아래까지 점령해오며
기억은 잠시 잠자려는지
붙어 있는 숨, 천상의 세계로 다리 놓고
그 방에 모인 모두가 한통속이 되어
내게서 뭔가 발굴하려는 듯 단호하다
집요할 것 같은 수술 도구들까지
출발 선상에서 카운트다운 기다리고
거부할 수 없는 순응
매의 눈과 손끝
삼엄하다

음각의 처소

벼락 맞은 대추나무
베어지고 잘려지고 다듬어져
저문 목숨에 혼 불어넣듯
날카로운 메스 온몸을 뒤적이다 건진
겉고 튼 문양들
살을 내리던 정신, 가다듬는 순간
음각의 처소에서 걸어 나와
관계의 쪽방부터
진부한 운명에 온 몸으로 날인
소소한 계약서에 꾸~욱 족적 남기다
수묵화, 예서체 한쪽에
슬쩍 제 몸을 옮겨 앉기도 하는데
꽉 들어찬 침묵 속
역사가 뒤안길로 길을 놓는
음각의 처소

자라 섬에서

한 가마니의 다이아몬드 뿌려 놓은 빛이 저렇게 아름답게
빛날까
감청 빛 하늘에 맑은 수정처럼 빛나고 있는 별들
이 짧은 순간 하늘이 내게 증여해 준 풍경이
꽤 괜찮은 것 같아
오지랖 넓은 생각 해 본다
힘에 부친 해진 솔기들만 기우다
어둠의 냉골들만 골라
가슴 말아 쥐고
바깥세상과 단절된 방음창에 갇혀 살고 있는 사람들에게
한 됫박의 별 따다 뿌려주고 싶다
그대들이
별빛 반짝이는 풀밭에 앉아
찰랑찰랑 넘치는 웃음으로 헛헛한 속 씻어내고도
꽉 막힌 벽에 남은 별빛 스며들 수 있도록
한 됫박의 별 퍼다 주고 싶다
그 자리에서 얼마간 뜸 들이다
한 마음 자라서
자라목처럼 웅크렸던 어깨

세상 밖으로 내밀 수 있다면
옥황상제님도 모르게
야금야금 더 퍼다 주고 싶다

종이컵

다정도 잠깐 썰물 빠져나간 듯 텅 빈 탁자 위
바람이 톡 톡 톡 그의 등을 두드린다
허공을 바라보고 있던 그가
옆 테이블에 앉아 있는 오로라 빛 유리컵
물끄러미 바라보다
얼음벽에 흐르는 차가운 물방울처럼
쿨하게 살았던 몸의 여름 회억하며
시간 속 거친 앙금
왈칵 왈칵 쏟아버리다
제 몸의 수맥을 훑고 나간 잿빛 망각 속
고개를 내미는 외로움마저 잘라 낸다
앉았다 일어선 자리마다
관절을 세우지 못해
흐트러지고 구겨진 바지의 주름선처럼
퇴화한 뼈에 보호색만 가득 채우고 있는 생
도심 속
문 하나를 열고 나간다

류성신

가을은 가을인데
해마다 오는 가을이
아니네

작가 소개

경북안동 출생
「문파문학」수필 부문신인상당선 등단, 한국문인협회회원
한국문인협회파주지부사무국장, 문파문인협회회원, 신시문학회원
저서 : 공저「분홍빛 그리움」외다수

소나기

짙은 그림자
깔고 앉은
신작로 작은 웅덩이
긴바늘이 꽂힌다

작은 흑점 하나
지우기 위해 수없이
고개 숙여보지만
미동이 없다

은빛줄기
창백한 손등
내리꽂는 바늘에
뼛속까지 따갑다

심장에 스며든 차가운 전율
나를 품은 하얀 멍
끝내 씻겨내지 못한 얇은 눈
젖은 허공만 바라본다.

^{수필} 깨진 그릇

사람들이 화를 푸는 방법은 다양하다. 게걸스럽게 먹는 사람, 소리를 꽥꽥 지르는 사람, 조용히 음악을 듣는 사람, 집을 뛰쳐나가 거리를 무작정 헤매는 사람, 접시를 깨는 사람 등 이루 말할 수 없다. 이 중에 접시를 깨는 사람은 대부분이 결혼한 여자가 아닐까 싶다. 텔레비전 드라마에서도 고부갈등을 심하게 겪는 며느리가 종종 부엌에서 접시나 바가지를 깨는 장면을 종종 보게 된다. 보잘것없는 그릇을 깨뜨림으로써 분노를 삭이고 순간의 평화를 얻는 행위이다. 이들의 행동을 이해하는 나이가 되면서 가끔은 그릇을 깨고 싶다는 생각이 들어 깨보기도 한다.

멀쩡한 그릇을 의도적으로 깨는 일에 처음엔 용기가 필요했다. 하지만 멀쩡한 그릇을 깨는 일은 생각보다 묘한 희열을 느낀다. 쩽그랑 소리와 함께 참았던 분노는 거짓말처럼 사그라진다. 이젠 설거지하다가 이가 빠지거나 짝이 맞지 않아 쓸 수 없는 그릇이 생기면 서랍장 으슥한 곳에 넣어둔다. 화를 삭이고 순간의 평화를 얻는데 제격이다. 오죽하니 '접시를 깨자'라는 가수 김국환의 유행가가 나왔을까. 가끔 그릇을 깨는 일은 절제 속에서 나만의 자유를 얻는 일이다.

여자의 결혼은 수없이 접시를 깨는 일이다. 벙어리 삼 년, 귀머거리 삼 년, 눈봉사 삼 년을 살면서 마음은 수없이 접시를 깨고 또 깬다. 더 이상 그릇을 깰 이유가 없을 때 여자의 마음엔 평화보다 허무로 가득 찬다. 그릇이 하나하나 깨어질 때마다 청춘의 열정과 꿈에 대한 갈망도 조금씩 깨져갔던 것이다.

부모님 돌아가고 자식이 나보다 키가 훌쩍 커질 즈음, 더 이상 그릇을 깨는 일은 없어지는 것 같다. 이젠 쨍그랑 소리와 함께 마음의 그릇에 채워진 허무를 깨뜨려야겠다. 허무의 그릇을 깨는 것은 좀처럼 쉽지가 않다. 다행히 운 좋게도 깨지지 직전에 살아난 못나고 투박한 그릇을 보니 덩그런 것이 나의 모습을 보는 것 같다. 무엇으로 가득 채울지 언뜻 해답이 떠오르지 않는다. 자신 없는 핑계만 머릿속에서 빙빙 돌고 있을 뿐이다. 사방팔방 머리는 끝없이 뛰는데 다리는 늘 제자리걸음을 하고 있다. 태양은 언제나 떠오른다. 비록 거북이 걸음이지만 오늘도 아직은 파란 인생그릇에 가득 채울 뭔가를 위해 달려가고 있음에 행복하다.

^{수필} 호박밭

올해도 어김없이 밭 한쪽에 호박을 심었다. 호박잎은 크기도 하거니와 땅위를 기어가는 식물이라 조금만 자라도 풍성하다. 가을녘 호박줄기는 땡볕아래 한땀 한땀 왕골자리를 만들고 그 위로 누런 호박이 팔자 좋게 누워 있다. 늦가을인데도 불구하고 누런 호박 주변에 어린 호박들이 옹기종기 앉아 있다. 마치 땅거미 지는 붉은 저녁에 하루 일을 끝낸 어머니와 자식들의 행복한 모습들이다. 다복스럽다. 그래서일까. 가을녘 호박밭에 널브러져 있는 크고 작은 호박을 보면 마치 한 여인의 삶이 스크린의 한 장면처럼 펼쳐져 있는 느낌이 든다.

애호박에 하얀 솜털이 촘촘히 박혀있는 모습이 마치 이른 봄 버들강아지처럼 맑고 싱그럽다. 고사리 같은 손으로 놓칠세라 암꽃을 꼭 잡고 있는 모습이 애처롭다. 걱정 말라는 듯 암꽃도 노란 꽃잎을 활짝 펼쳐 보인다. 처음 열리는 호박은 이내 따먹는다고 한다. 앞으로 더 알찬 호박을 많이 얻기 위해서이다. 그래서 일까. 첫딸은 살림 밑천이고 막내딸은 살림 축척이라 하나보다. 어쨌든 애호박은 엄마의 젖을 맘껏 먹으며 쑥쑥 자란다. 가끔 빗줄기에 놀라 엄마 치마폭에 숨다가도 넓은 잎 사이로 비춰오는 햇살에 고개를 내민다. 막내딸은 엄마바보였고 울보였다. 바람이 불때마다 호박잎 사이로 보일 듯 말 듯 한 낯선 세상을 궁금해 하며 애호박은 조금씩 성장해 나갔다.

한쪽 곁에 아기 팔뚝만한 여린 호박이 고개를 내민다. 풋풋하다. 반달 모양으로 예쁘게 썰어 들기름에 볶은 여린 호박을 입에 넣으면 사각사각 소녀의 낭랑한 목소리를 듣는 듯하고, 제사상 위에 놓인 동그란 호박전은 햇살 먹은 둥근 달처럼 부드럽다. 잘게 썰어 다진 고기와 함께 만두피 속에 들어가 흔적도 보이지 않는 것도 있다. 여린 호박은 누가 어떻게 요리 하느냐에 따라 맛이 달라진다. 예쁜 호박전이 아니었다는 사실을 깨닫게 된 순간 인생의 고행은 시작 된다. 만두속의 이글어진 호박이 참 맛으로 인정받기까지는 뜨거운 열기를 견뎌야 하는 것처럼, 스스로 방목생활을 자처한 인생의 대가는 녹록지만은 않았다. 그래도 꿈이 있었기에 여린 호박은 햇살을 쫓아 바라보기를 멈추지 않았다.

모양은 어른처럼 큰데 아직 풋내 나는 그러면서도 반들반들한 시퍼런 호박이 눈부신 햇살을 한 몸에 받고 있다. 들어보니 딱딱도 하거니와 돌덩이처럼 무겁다. 햇살을 향해 큰 눈 부릅뜬 모습이 마치 이십대의 뜨거운 청춘의 모습이다. 당차다. 꿈도 크고 뭔가 마음먹은 대로 다 할 수 있을 것 같았던 시절이었지만 노력한 만큼 만족된 결과가 없는 그저 푸르뎅뎅하니 밉다. 스스로가 어른이었지만 결코 어른으로서 인정받지 못했던 시기였다. 실수투성이 철부지였다. 그러나 철부지였기에 인생의 쓴맛을 보았고 무수히 많은 날의 땡볕을 견디고 나서야 쓴맛의 달콤함을 알았다. 인생의 환희였고 용기의 시작이었다.

밭 중앙에 펑퍼짐한 엄마의 뱃살처럼 푸짐한 호박이 누렇게 익어가고 있다. 결혼해서 두 아이를 낳아 어엿한 처녀로 키우기까지 잊고 산 것은 나이를 세는 일이었다. 안타까운 일은 눈 깜짝할 사이에 중년이 되어 버렸지만 주름진 호박처럼 성숙의 깊이를 메운 것도 아니고 호박씨처럼 알찬 알갱이를 가슴에 품지도 못했다는 사실이다. 아낌없이 주는 햇빛을 까탈스럽게 고른 미련의 소치라 중년이 된 지금까지 애꿎은 몸만 분주하다. 갈망의 눈은 목숨이 다할 때까지 끝없이 뻗어 나가는 호박넝쿨처럼 소리 없이 걸어가고 있다.

　누런 호박이 붉은 가을빛 아래 허옇게 바래지고 있다. 누런 호박을 우리집 베란다로 이사를 보냈다. 형광등 조명 아래 누런 호박은 신기하리만큼 황금빛을 발하고 있다. 뜨거운 땡볕을 잘 견딘 대가는 참으로 컸다. 고난과 고통이 더 이상 보이지 않는다. 오히려 위에서 아래로 둥글고도 깊게 파인 누런 호박의 주름에서 참으로 아름답고 성숙한 여인의 모습이 보인다. 통통한 씨앗을 품고 있다는 것을 굳이 말을 하지 않아도 겉모습만으로 그대로 느껴지는 알찬 여인이다. 엄마 모습처럼 그저 바라만 봐도 즐겁고 편안하고 행복하다. 호박처럼 속이 꽉 찬 여인이고 싶다.

채수동

산 골짜기
가을이 더욱 깊어갑니다
마냥 짙푸르던 숲도
차츰 차츰 색동옷으로 갈아 입습니다

나의 이야기도
산골 풍경 속에서
그렇게 물들어 가고 싶습니다

작가 소개

충북 제천출생, 문파문학 수필부문 신인상 당선 등단, 신시문학회장
문파문학 부회장, 사랑산방필경재(筆耕齋) 운영
저서 : 공저『분홍빛 그리움』외 다수

아나키스트 -황포강에서-

쪽배 매어 놓은 누각 위에
시린 배 달래며
한 목숨 내놓고 살았다

승냥이를 불러들인 이들에 밀려
유리걸식遊離乞食 이국異國을 떠돌다
아나키스트가 되었다

빼앗기고 쫓기고
잃어버린 강토疆土를 되찾으려는 나
저들은 테러리스트라 불렀다

나는 투사다
험한 땅 버티며 자란 들풀마냥
동산 위 솟구치는 먼동처럼

목숨은 벌판을 헤맸다
붉은 강산江山 그리다
부릅뜬 눈자위에 핏발이 선다

산길

전혀 낯설지 않는
호젓한 숲속
이 길

발길 붙잡는 엉겅퀴 며늘아기 밑씻개
찬이슬 바짓가랑이 적시는
그곳

익숙한 발길
옛 생각이
앞서 간다

묻혀 있던 옛 이야기
억새밭 너머 속삭이고
자줏빛 제비꽃
민달팽이가 기어 나오던
그 길

지수야

삼막골 길 오르는데
너의 거친 숨소리가 들리는구나

산딸기 빨갛게 익어 갈 때 오려니
육십갑자 세고도
한참을 더 기다리는
산길

수필 운명 – 필경재 며느리

잠을 이루지 못하는 밤을 며칠째 보내고 있다. 온갖 잡념으로 머릿속이 너무 어수선해서일까? 필경재 조경작업까지 거의 마무리하자 몸과 마음이 무중력상태마냥 공중부양중이다. 이제 모든 것을 이루었다는 만족감이 한 순간의 허탈감으로 바뀌었다. 지난 몇 해 이어져온 필경재로 향한 관성이 가져온 상흔일수도 있다. 회사일과 주말에는 필경재 가꾸는 일에 오로지 전념했다. 그러다보니 몸은 이중생활로 피곤하나 변화해가는 필경재 모습을 보는 만족감은 하루하루가 고생에 대한 보답이었다. 표적을 향한 집념을 잃은 순간의 방황이 나를 이렇게 혼란에 빠지게 하고 있다. 이제 또 무얼 해야 할 것인가? 이 문제가 나를 괴롭히고 있다. 진열장에서 火窯화요 한 병을 꺼내 들었다. 정말 술 힘이라도 빌려야할 밤이다.

처음 내가 그렸던 8년의 역사가 오늘에서야 마무리되었다. 터 닦기를 시작한 이래 숱한 어려움과 고난을 이겨내며 두 동생들과 맨몸으로 이뤄낸 역사다. 산사태와 홍수로 한 해의 노력이 쓸려가고 무너지기도 했고 어느 해는 공들여 짓던 집을 화재로 한순간에 잿더미로 만들 뻔했다. 한 해 한 해가 지나가고 그때마다 고난은 있었어도 최악의 상황은 매번 면하곤 했었다.

시커멓게 숯덩이로 변한 아름드리 소나무기둥과 대들보를 다시 깎고 다듬어 원상을 회복하는 각고의 시련도 이겨냈다. 형의 무모한 다그침에 시달리면서도 인내하고 끝까지 함께한 아우들 덕이다. 힘든 농사일 틈틈이 건물작업 하나하나를 직접 챙겨 가면서 현장을 지킨 아우의 고생은 이루 말을 할 수 없었다. 정말 지나칠 정도로 서두른 나의 과욕 탓이기도 했다. 아우는 조금도 몸을 아끼지 않고 따라 줬다.

필경재와 산방이 거의 마무리 되어갈 쯤 아우의 위암 판정은 청천벽력과도 같은 충격이었다. 2년 전에 발견한 암을 병원에서 착오로 너무 늦게 알게 된 의료 사고였다. 억울하고 너무 안타깝지만 이것도 운명이었다. 무슨 수를 써서라도 꼭 살려내겠다고 아우를 다독였다. 삶과 죽음이 경각에 다른 순간까지 아우는 하던 일을 마무리하겠다고 일을 서둔다. 아우에게 닥친 느닷없는 불행 앞에도 그렇게 시랑산방 공사는 계속되었다. 마무리공사 내내 형제는 가슴으로 눈물을 흘리며 서로 악문 어금니에선 쇳소리가 났다. 수술대 오르는 전날까지 기어이 아우와 함께 건축 일을 마무리했다.

그때까지 아우의 사정도 모르는 몸 성치 않은 팔순 넘은 어머니는 쉬엄쉬엄하지 몸 상하면 어쩌려고 그리 죽자 사자 하느냐 말리신다. 왜 이런 불행이 아우에게 왔는가 모든 것이 원망스럽기도 했다. 그때는 정말 아우가 잘못되면 내 탓을 각오하고 모든 것을 버리고 마지막 작품을 남긴 아우를 그리며 낙향할 각오였다. 그러나 한편으로는 조상님께서도 우리 형제는 절대 그냥 두지는 않으시리라 더 큰 믿음이 내겐 있었다. 그렇게 해서 아우는 천우신조로 다시금 새 생명을 얻었고 이제 자랑스러운 필경재도 시랑산방도 갖게 되었다. 크나큰 시련과 극복 속에 번듯한 모습으로 가족들의 보금자리가 되었다. 가족의 역사에 비해서는 짧은 연륜이지만 필경재는 우리가족의 애환과 진정한 가족애의 소중한 상징이 되었다.

아내가 어느 날부터 필경재 단장을 시작했다. 여러 해를 뒷짐 짓고 삼형제 하는 모습을 지켜보기만 하더니 본격적으로 팔을 걷고 나선다. 필경재 안주인으로서 살림살이를 들이고 전원생활에 뛰어들 각오까지 하고 말이다. 얼마 전까지 시어머니 계신 시집은 며느리들에게 영원히 불편한 곳이라, 최소한의 큰 며느리역할만 하겠다던 아내, 이젠 몇 년 내에 귀촌해 살 생각이란다.

아내는 정원을 가꾸고 화초를 기르는 취미가 남달랐다. 화려한 시내 나들이보다 서울외곽의 화훼농장 방문을 더 좋아하고 조용히 개인적 취미활동에 더 관심 있던 아내다. 그런 아내에게 시골생활은 새로운 꿈의 시작이고 노년의 안식처일 수 있었다. 아내의 출현에 필경재는 하루가 다르게 변해갔다. 외관의 거친 솜씨는 곱게 다듬어지고 하룻밤 묵고 가는 불편한 생활구조도 보완하여 도시인이 생활하기 편한 살림집으로 바뀌어졌다.

새하얀 백자 잔에 화요火窯를 가득 따른다. 무리를 해서인가 안방에서 코고는 소리가 들리자 술잔에도 곱던 아내 얼굴이 아니라 피곤에 지친 얼굴이 어린다. 잠 못 이루는 이 밤 필경재를 차지한 아내는 아마도 연산홍 곱게 핀 잔디밭가에 앉아 봄볕에 졸고 있는 꿈을 꾸고 있는지도 모른다. 아니면 필경재도 모자라 선대어른이 물려주신 농원 전체를 차지할 원대한 꿈을 꾸고 있을까? 최근 빈번히 시골을 찾는 아내의 적극적 변화를 보면 아마 그럴 수도 있으리라 생각이 든다.

약혼하기 전 첫 선을 보이던 날 할아버지께서 아내의 손을 잡더니 손이 큰 우리 아기 복덩이가 굴러왔다며 좋아하시던 할아버지, 누워계신 앞산 높은 산자락에서 내려다보시며 다시금 크게 웃으시리라. 아내의 커다란 꿈이 할아버지 꿈이라 생각이 든다. 이 시대에 종손의 도시며느리가 선산을 지키고 선대의 농토를 지키려 귀촌한다면 이보다 더 아름다운 일이 있겠는가. 화요 한잔을 입으로 가져간다. 독한 액체가 찌르르 가슴을 타고 내려가는 느낌과 함께 술기운이 전신으로 퍼지는 것 같다. 맑은 생각이 순간 머리로 치켜 올라간다. 이제야 해야 할 일이 떠오른다. 앞으로 아내와 시골행이 더욱 잦아질 듯하다. 졸음이 몰려오는 듯 눈꺼풀이 무거워지고 있다. 고운 아내의 얼굴이 눈앞에 어린다.

수필 사랑채와 어머니

점심밥상에 뽀얀 곰국이 올라왔다. 이게 그 곰국인가 하는 나의 눈빛을 읽으신 어머니 멋쩍은 표정도 잠시 눈길을 돌리신다. 화재로 불탄 사랑채 뒷정리를 하고 사랑방 가마솥을 열어보니 잘 고아진 뽀얀 곰국이 그대로 있었다며 한 방울도 남기지 말고 깨끗이 비우라는 너무나 태연한 말씀에 뒤따라 나오려는 말은 그냥 삼켜 버렸다. 어머니! 사랑채 태워 곰국 끓여 드셨으니 낼 모래 할아버지 뵈면 어쩌시려고요, 하는 말이 목구멍에서 스물스물 기어 나오려 한다. 예나 지금이나 어머니는 어떤 사단이 생겨도 지금처럼 당당하셨다.

며칠 전 아우랑 전화통화 끝에 사랑채에 불이 났었다며 대수롭지 않은 듯 걱정하지 말라는 말에 가슴이 철렁했으나 조금 그을렸을 정도라 마음을 달랬었다. 그래도 걱정이 되어 급히 내려와 보니 사랑채 절반이 소실되고 불길이 처마를 넘어 안채까지 넘실댄 흔적이 역력했다. 다행히 대추를 털던 아우가 금세 달려와 소화기로 큰불로 번지는 것을 막았기에 그 정도였다. 할아버지께서 거주하시던 사랑방과 들마루와 대문간은 모양을 잃을 정도로 전소되었다. 다행히 사랑채 절반만은 살릴 수 있었기에 가족의 추억과 할아버지 손길 옛 흔적을 간직할 수 있음이 천만다행이었다.

불은 방바닥 틈새에서 비롯되었다 한다. 사랑방 아궁이 가마솥에는 전날부터 어머니께서 소뼈를 고아내고 있었다. 아우 친구가 소를 한 마리 잡았다며 어머니 고아드리라고 사골이랑 우족을 한보따리 보낸 것이 발단이었다. 워낙 많은 양이다보니 어머니께서 이틀에 걸쳐 이를 고아내 냉동고에 보관할 요량이셨나 보다. 사랑방은 몇 년째 주거로 사용하지 않고 잡동사니 생활용품만 넣어놓았는데 장시간 장작불을 과하게 지핀 것이 문제였다. 이틀째 달궈진 방바닥은 장판이 타들어 갈 정도로 과열되었고 더군다나 방구석 틈새로 불길이 들어가 잡동사니 물건들이 타버렸다. 그래도 당황하지 않으시고 동네 분들과 함께 나서서 119도 부르고 아우도 불러 사랑채 절반을 건진 건 어머니의 강단 있는 성품이어서다. 불길을 대충정리한 후 10분이면 올 길을 30분이 넘어서야 도착한 소방서대원들을 늦게 왔다고 야단을 치시기도 했단다.

십여 년 전 안채를 증축할 때 사랑채를 함께 손을 보겠다는 아우의 의견에도 옛 모습 그대로 두기로 한 것은 두고두고 나와 할아버지의 애환을 간직하고 싶어서였다. 할아버지께서 선산에서 베어온 소나무로 직접 깎고 다듬어 지으셨다는 사랑채는 재 넘어 피접에서 돌아오시던 해 지으셨다. 큰아들과 할머니 그리고 큰 며느리까지 잃고 나신 후 연박리 벼루박달 생활을 접으시고 비통한 마음으로 고향선산 아래 본가로 다시 돌아오시던 해였다. 할아버지께서는 하늘이 무너지는 심정이었으나 하나 남은 자식과 후손을 위해 좌절하지 않으시고 고통을 감내하며 신축하신 사랑채였기에 의미가 남달랐다.

할아버지께서 전답을 다시 일구고 집을 개축을 하고 있을 때 한국전쟁이 일어났다. 마을 이웃이 모두 피난을 떠나도 할아버지는 이미 더 큰 상처를 입으셨기에 생사람 목숨은 안중에 없으셨을 거였다. 피난들 떠난 마을을 지키면서 사랑채 짓기를 멈추지 않으셨다. 그해 초겨울 남루한 행색을 한 마을 사람들이 돌아 올 때쯤 할아버지께서는 몇 남은 이웃들과 가을걷이농사도 마치고 사랑채도 완성하였다 했다. 더욱이 사랑채에 들마루를 한길로 놓아 마을 사람들과 손님들이 편히 사랑채를 드나들 수 있게 하시었다.

사랑채가 지어진 다음 해부터는 집안 경사가 줄지어 일어났다. 새 할머니가 들어오시고 외아들 혼사가 이뤄지고 전쟁 중에 장손인 내가 태어나면서 연이어 손주들이 태어나자 아픈 기억은 하나둘 사라졌다. 농토도 늘고 친 인척 발길도 끊이지 않자 식구들도 하나둘 늘었다. 사랑채는 오가는 길손도 머물고 온 마을의 사랑방이었다. 그때마다 사랑방으로 손님들과 친구분들을 위한 술상이 이어졌다.

어머님의 사십여 년은 사랑채를 위해 술을 담고 할아버지의 손님접대와 술시중으로 힘든 세월의 연속이기도 했다. 밀주 단속이 극심한 시절엔 술래잡기하듯 술독을 숨기고 때론 모두 빼앗겨 버리는 낭패를 당하기도 했다. 그런 사랑채는 나의 유년시절의 놀이터이기도 했다. 대문간에는 할아버지께서 그네를 달아 놀도록 해 주셨고 할아버지 출타 중에는 사랑방은 꼬맹이들 놀이터도 되었다. 사랑채와 대문간은 어머니에겐 젊은 시절부터의 힘들었던 기억일수 있으나 나에겐 어린 시절의 추억이고 할아버지의 정을 간직할 마지막 남은 흔적이었다.

사랑채를 헐고 다시 지을까 아우와 한동안 고민을 했다. 유년의 기억과 가문을 위한 할아버지의 처절한 흔적을 그래도 남겨야 함이 도리라 생각했다. 절반 남은 쪽 외관은 손대지 않고 깨끗이 보존하기로 했다. 그리고 타버린 부분은 새롭게 누각형태로 지어 마을사람들도 편하게 드나들 수 있도록 지었다. 사랑채를 할아버지께서 지을 때도 들마루를 낸 것은 누군가를 배려한 뜻이라 생각했다. 목재를 사서 다듬고 하여 번듯한 정자형태의 커다란 누마루가 완성되었다. 마을 이웃들도 불탄 덕에 멋스러운 새 건물이 생겼다며 어머니 실수를 치켜세운다. 이구동성으로 내년부터는 한참 떨어진 노인정보다 사랑채 누마루로 모여 지내면 좋겠단다.

할아버지 술시중 들며 힘이 들었던 사랑채가 내년부터는 이제 어머니의 노년 놀이터가 될 것이다. 그것도 어머니께서 적당히 불을 내시는 바람이다. 할아버지께서 아시면 뭐라 하실까? 누가 봐도 이젠 불탄 흔적은 없고 할아버지께서 지으신 옛 건물 일부를 헐고 누마루를 붙여지어 어머니께 바친 모습이다. 설사 사랑채를 어머니께서 불태웠다고 할아버지께서 꾸중하실 분은 아니시리라 믿는다.

할아버지께서는 스물아홉에 홀로되어 시할아버지, 시아버지를 모시고 사남매를 키어오느라 갖은 고생을 다한 어머니의 한 많은 삶을 기억할 것이다. 오히려 생전에 따뜻한 말 한마디, 선물하나 해주지 못한 미안한 마음을 가지셨던 건 아닐까? 그래서 누마루라도 하나 짓도록 할아버지께서 적당한 선에서 불길이 꺼지게 하신 건 아닐까 엉뚱한 상상을 해본다. 할아버지와 손주들의 합작품이 된 사랑채 누마루가 후대를 위해 백년은 이어가길 바라 본다.

수필 큰짐승 발자국 - 형제의 나뭇짐

두려움이란 누구에게나 있는 법이다. 그런 두려움은 정신세계에 속하기 때문에 우리가 볼 수 있거나 손에 잡히는 것은 아니다. 그러나 일상생활 중 두려움의 대상이 허상에서 실상으로 종종 나타날 때가 있다. 그럴 경우는 잘못되리라 미리 결과를 예측하는 바람에 오히려 걱정이 현실로 나타나 버리는 경우다. 두려움은 걱정이 자신감보다 앞설 때 몰려온다. 항시 의욕에 넘치는 사람은 간혹 낭패를 겪긴 해도 사전에 겁먹고 시작하기도 전에 자신감을 잃거나 소심해지진 않는다. 그런 사람에게 실패에 대한 아픔은 있을지언정 두려움은 없다. 성장기 어린 시절 꿈속에서 간혹 두려움에 떨며 진땀을 흘리며 잠꼬대해본 경험은 누구에게나 있다. 아침이 되고 해가 뜨면 부끄러움만 남고 잊혀져가는 것도 두려움이란 허상이다.

서리가 한 차례 내리다 무서리가 내리면 활엽수 검붉은 잎사귀들이 일순간에 옷을 벗고 온산은 앙상한 가지만 빽빽한 벌거벗은 산으로 변한다. 산등성이를 넘어온 북풍이 굴참나무 우거진 골짜기를 지나오면서 더욱 거세지면 산골마을은 한겨울의 매서운 추위에 모두가 꽁꽁 얼어버린다. 바깥 생활을 접은 어른들이 따뜻한 아랫목을 차지하자 아이들은 오히려 들로 산으로 나돈다. 소년들은 추위를 아랑곳하지 않고 나무도 하고 산자락에 미끄럼놀이거리를 만들기도 하며 때론 산짐승

꽁무니를 따라다니느라 바쁘다. 산골아이들은 홀로 산 속을 제 집처럼 오르내리면서도 두려움이란 아예 없었다. 개구쟁이들에게 도대체 걱정거리는 단지 어른들 잔소리뿐이었다.

그날은 아우랑 시랑산 꼭대기 너머로 싸리나무를 할 작정으로 길을 나섰었다. 싸리나무가 있으면 아침 밥 지을 때 불 지피기가 훨씬 수월할 텐데 콩깍지나 들깨대뿐이니 힘들다는 어머니 말씀을 들었기 때문이다. 작심을 하고 산신당을 지나 뱀골이 내려다보이는 삼막골 능선길을 오른다. 꾸물대다보니 해가 중천을 지나 신토재를 넘고 있다. 겨울 해는 노루꽁지 같아 서둘러야 할 것 같다. 돌서렁을 지나서 모정리 쪽 능선을 가서야 싸리나무 밭이 있었다. 며칠 전 토끼몰이 하다 보아둔 곳이다.

싸리나무 밭에 도착하자 간식거리 먹을 틈 없이 아우와 경쟁하듯 싸리나무를 베었다. 금세 서너 묶음을 지게에 올려놓고 보니 아직 남은 싸리나무에 욕심이 자꾸 난다. 내 나뭇짐을 보던 아우가 한 묶음 더 얹는 것이 아닌가. 형보다 한 덩어리도 더 지려는 아우가 또 오기를 부린다. 내리막길도 만만찮은데 무리하지 말라고 말려도 듣지 않는다. 눈길이라 해가지면 금방 얼어붙을 것이다. 맨몸으로도 산길을 내려가기도 힘든데 나뭇짐이 무거워 지게발이 언 땅에 박혀 움쩍도 않는다. 가까스로 일어나 비탈길을 비틀거리며 내려간다. 능선을 지나면서는 지게다리가 자꾸만 산철쭉가지에 걸렸다. 아우는 나보다 더 지고는 힘에 겨운지 점점 뒤처지고 있다.

갈 길은 아직 멀고 해는 더 급히 산을 넘는 것 같다. 일몰 전 마지막 햇볕이 머무는 산 능선이라 방심했다간 어둠이 짙은 골짜기 길을 지날 땐 낭패를 겪을 수 있겠다 싶다. 지게를 가볍게 하고 서둘러가자는 내 얘기를 아우는 들으려 하지도 않는다. 나뭇짐은 등짝을 눌러 대고 발걸음은 점점 무거워지고, 날은 어두워져 가고 갈 길은 멀고 험한데 아우는 고집을 피운다. 혼자라면 몰라도 어린 아우를 데리고 속이 타다 못해 이젠 큰 탈이라도 날까 걱정이 앞선다. 뒤떨어진 아우도 기다릴 겸 소나무 곁에 짐을 부리고 숨을 돌린다. 아직도 지고 갈만하냐는 내 말에 눈가루 묻은 얼굴은 털어내며 자신 있다고 한다.

지게 옆에 주저앉는 폼이 고집이 앞섰을 뿐 지친기색이 역력하다. 나는 잠시 소변을 보러 솔무더기 뒤로 돌아가다 그만 못 볼 것을 보았다. 그곳에는 먹다 남은 짐승 사체와 함께 낭자한 피가 얼어붙어 있었다. 주위에는 발자국이 널려 있고 앞 능선 쪽으로 걸어간 듯 어른주먹보다 훨씬 큰 발자국이 한 줄로 길게 나 있었다. 순간 할아버지께서 해주시던 얘기가 떠올랐다. 큰짐승 발자국은 눈길에서 보면 조금도 흐트러짐 없이 한발자국마냥 일직선이라 하셨다. 사냥한 먹이는 그대로 두었다가 하루 이틀 뒤 꼭 남은 음식을 먹으러온다는 생각이 떠오르자 오금이 저려왔다. 눈앞에 펼쳐진 장면은 할아버지 말씀 그대로였다. 이게 바로 큰짐승이 저지른 것이 분명하다는 생각이 들었다. 소변 볼 생각은커녕 얼른 이 자리를 떠야 한다는 생각에 놀랄 아우를 생각해 태연한 척 아우를 채근해 산길을 서둘렀다.

점점 어두워지자 큰짐승이 금방이라도 뒤쪽으로 달려 들것만 같았다. 아우를 생각하니 두려움은 커져가고 나뭇짐은 무거워져 발걸음이 더욱 더뎌진다. 아까와 달리 영문 모르는 아우의 발걸음은 나보다 씽씽해진 것 같다. 이젠 아우가 형을 끌고 가는 모양새가 되어버렸다. 마음은 나뭇짐을 버려 놓고 아우를 데리고 얼른 이곳을 벗어나고 싶었다. 마음이 갈피를 잡지 못하는 순간 발을 헛디뎠다. 힘을 주건만 무게가 한쪽으로 쏠리자 나뭇짐이 어깨를 넘어 허공을 가른다. 그만 저만치 산비탈 아래로 굴러가고 말았다. 다행이 지게가 벗겨지지 않았다면 몸도 함께 구를 뻔하였다.

내려가야 할 길은 삼막골 골짜기인데 나뭇짐은 반대쪽 뱀골 골짜기 중턱에 걸려있다. 처박혀 있는 나뭇짐을 내려다보던 아우도 꺼내오기 힘들다는 것을 안다. 내 맘은 벌써 아우를 데리고 저 아래 삼막골 길을 달려가고 있다. 아우에게 저걸 언제 끌어올리겠냐며 대수롭지 않은 듯 그냥 내려가고 내일 와서 가져가자 한다. 제 짐은 지고 가려하는 아우를 억지로 끌고 내려간다. 어둠이 제법 짙어졌다. 무거운 짐을 벗은 몸뚱아리가 두려움을 올라타니 쏜살같다. 영문 모르는 아우를 더욱 채근해 길을 서둘자 금세 산 아래에 다다랐다.

아우를 데리고 무사히 내려오자 그제야 마음의 안정을 찾는다. 어린 아우는 제 짐을 가져오지 못하게 했다고 형 탓을 한다. 코앞에 어둠이 가득할 쯤 집에 들어섰다. 원체 겁 없는 아우에게 발자국 얘기는 일체 하지 않았다. 내가 본 것을 얘기해도 분명 형은 겁쟁이라 놀려댈 것이다. 아직 아우는 아무것도 모르니 한동안 이야기를 하지 않을 생각이다. 나는 저녁도 거르고 그날 밤은 밤새 피가 흥건한 반쯤 먹다 버린 짐승의 사체가 눈에 선해 잠을 이룰 수 없었다.

　다음날 한낮이 되어서 산을 다시 올라 나뭇짐을 가져오긴 했으나 그해 겨울은 한동안 큰짐승 발자국 생각에 삼막골 꼭대기로는 오르지 않았다. 가급적 아우를 데리고 주변 낮은 산을 다니며 나무를 했다. 매사 아우 걱정 탓에 내가 더 겁먹고 있는 사실을 아우는 모른다. 어린 시절부터 물가에 가면 아우가 물에 빠질까, 위험한 장난을 해도 나보다 아우가 다칠까 걱정부터 했다. 어른이 되어서도 여전히 아우들 걱정을 하고 있다. 어느새 걱정이 두려움이 되고 두려움은 또 다른 걱정을 하게 되는 나 자신을 발견할 때마다 가끔은 스스로 놀라곤 한다.

이춘

어둠 혹은 그림자에 닿은 빛과의
틈새를 생각한다.
추억의 빛이 드리운
오늘의 그림자를 찾는다.

시 | POEM

빛과 어둠 사이

나의 큰 외숙모

초가을

빛나는 팽나무에 깃들고

풀린 못가에서

화장

물에 비친 작은 나무가

들국 핀 숲길에서

바쁜 웃음꽃

순간

언덕에서 문득

아리랑 정선에

비비새 소리

빈 골목

산머루

천년의 미소

작가 소개

경남 의령 출생
「문파문학」 시 부문 신인상 당선 등단, 「창작수필」 수필부문 당선 등단
한국문입협회회원, 문파문인협회 운영이사, 신사문학회 회원
저서: 공저 「바람엽서」 외 다수

빛과 어둠 사이

소나기가 멎은 맞은편 하늘은
여전히 짙은 구름에 가려 깜깜하였다
어디쯤 맞닿아 있을 하늘도, 들녘도
윤곽을 지워버린 어둠에 묻혀 있었다

돌연히 한줄기 섬광이 번쩍이며
하늘 아래로 산의 모습이 드러나는 순간
가득한 능선에 걸친 어둠이
거대한 공룡의 형체로 꿈틀대고 있었다

잴 수 없이 깊은 틈새들이
긴 산맥의 협곡으로 이어져 있었다

나의 큰 외숙모

6.25 그 해 시집와서는
닷새 만에 홀로되신 큰 외숙모
접시꽃은 무슨 청승인가 홑잎만 피더니
유복자도 없는 전쟁과부로
당당한 5남매 주인 작은 외숙모에겐
말이 형님이고, 말이 큰어머니지
십리 강변 들에 농신農神이었고
오리 밭이랑에 쟁기 끄는 큰 소였다

앞 강 철교에 어둠이 내리면
철근 같이 무거운 한 팔을 내려놓고
읽지도 않는 '키르케고르'를 넘기다가
책장 속 사각모 쓴 앳된 남편 사진에 이르면
마당 가 늙은 산수유 가지에선
몸서리로 뿜어내는 긴 한숨 소리가
거친 강바람에 휘말려 울었고
코뚜레를 튕기는 질긴 탄금소리가
탱자나무 울타리를 두들기며 울었다

걸신보다 모진 근면 탓에
달 밝은 오밤중을 앉아 새기 예사더니
화조花鳥를 치다가, 기러기를 지웠다가,
마침내 엄동설한에 천도화天桃花를 그렸다
은백의 저 오랜 눈 녹아 없어지고
이제 붉은 꽃길 지나 곧 닿을
멀고 먼 장천 구만리, 내생의 길
알고 감은 눈이 허공에 맑으시다

초가을

지난 한여름 잦은 비에
넘쳐 흐르던 계곡물 잦아지고
늙은 산벚나무 기울어 깊은 계곡
서너 뼘 남짓 고인 물에
숲 사이 열린 하늘이 내려와
흰 구름 고요히 떠 있고
샛노란 낙엽 한 잎 맴돌아 내렸다

먼 등성이를 내려온 바람결이
너울처럼 쓸고 가는 산골짝
일찍 떠나는 검붉은 낙엽들이
새떼처럼 모여 앉은 바위 위로
가만히 떠 있는 한 조각 안개 구름이
아득히 먼 이야기로 흐른다

빗새는 팽나무에 깃들고 - 나의 유랑

종鐘소리가 나지 않는 적막한 교정, 토담 교실 셋, 교무실 하나, 선생 제미오諸未五*의 산골 중학교. 제대 직후 갈 데 없는 예비군 삿갓이 임시 교직을 얻어 일 바람 신바람에 뛰었지만, 장미 같은 장선생을 도와 혼자 앓은 신열인데, 그게 내가 장미열이라 부르는 몸살이었다.

두서 없는 나를 매몰차게 놀리던 장선생 - 사연인즉, 그네 밥그릇 놋식기에 구멍을 뚫게 하여 창가 늙은 팽나무 가지에 걸어놓고 타종식을 하던 날, 재잘대는 아이들 손뼉에 접시꽃 함박웃음이 하늘로 터지고, 들먹이며 참아내던 장 선생 등덜미는 끝내 울컥이고 말았다. 하늘은 맑고 구름은 팽나무 위에서 한가로이 흘렀는데,

그 해 큰물 지던 여름, 출장 간 장 선생은
사직서도 내지 않고, 여태 소식이 없는데
돌아보는 교정을 차갑게 울리는 벨소리에 놀란 빗새 한 마리가
이제 매달 일도 없는 옛 놋그릇 종을 찾아서
가뭇한 팽나무 숲 사이로 숨바꼭질을 하며
안경을 벗어 드는 나의 흐린 시야를 흔든다

팽목木을 적시는 빗줄기가 눈물방울로 낙수 져

붉은 장미에 맺히는 은구슬은 해맑아서 슬픈데

놋그릇에 튕겨지는 수많은 팽나무 열매들이

애처로운 '에밀레' 소리를 울리며 무거운 여운을 긋는다

---

*방랑하던 김삿갓이 어느 서당엘 들렀을 때, 열이 채 못 되는 학생수를 '제미십諸未十'
이라 우습게 표현한 것을 변용한 것임.

풀린 못가에서

날 선 산죽 잎에 연둣빛이 도는데도
숲 속 물웅덩이 가장자리에는 살얼음이 두터웠다
지난 겨울의 끝자락, 이 봄 시작까지도
나무들 제 그늘로 햇볕을 가려 연못 숨을 막아놓고
드리운 가지 끝이 수면에 잠겨 얼어 잡혀 있었다.
이제 햇살 투명해지고 풀린 봄날에
새들 힘차게 하늘로 치솟고 바람 저으며 올 때
나무들 가지 끝을 들어올리고
먼 산 아지랑이 연두빛이 번지니
영산홍 가지 끝은 붉은 꽃 피우며
철없이 그림자를 드리우며 고개 스쳐 흔든다.
얼어 잡혔던 마른 잎들 물 가로 밀려가고
한 점 구름 가만히 떠가는 물 위엔
아직은 보일락말락 실파도만 인다

화장 化粧

옥수역, 강변 어느 집 담장
지나 늦여름 돌풍이 몰아칠 때
때맞춰 쏟아진 소나기가 날려버린
좁은 기왓장 빈 자리 틈새 위로
꽃 머리를 밀어 올린 석류꽃 한 송이가
반 높이로 무심한 듯 하늘을 향해 있어
나는 조심스레 곁눈질을 하였는데,

핏빛 꽃잎에 줄진 잔주름이
닦고 그렸다가 고치고 또 지웠다 그려봐도
아무래도 마땅찮은 제 모습에 심통이 끓어
결국은 맥을 놓고 울어버린 눈물 같은데,
앞 강 물빛은 노을이 타서 붉고
어둠 내리는 가로등 아래 망설이는 사랑은
필시 애만 태우다가 마른 눈물 자국이
심홍색 꽃잎에 깊은 주름 선을 긋고 있다

물에 비친 작은 나무가

물가에 드리워져 닿을 듯 닿지 않고
고개를 들고 있는 회양목 가지 끝을 보며
작지만 단단한 저 나무의 속내를 짐작한다

흐르는 물, 지켜선 나무
한줄기 빛이 물 위에 춤추며
금빛 가루로 부서져 출렁이는데
가만히 드리운 채 간간이 떨고 있는
저 가지 끝의 벅찬 무거움을 알 것도 같다

맴돌다 흐르고야 마는 물 위에
욕망처럼 던져진 풀잎 하나
어느새 떠내려가 그림자도 떠날 때
가장 가까운 거리를 닿을 듯 지켜 선 드리움은
놓을 수 없는 무게의 갈등임을 알 것도 같다

들국 핀 숲길에서

햇살 비껴 흐르는

이끼 마른 바위 곁에

길게 따라오던 나무들 그림자 깊어지고

돌아선 듯 숨어서 고개 젖는

하늘빛 들국 한 떨기가

짙은 숲 그늘 속에 소담하다

홀로 짓는 미소가

시름 겨운 듯 쓸쓸하여

나는 바위 밑을 흐르는 물소리를 따라

숲의 적막을 흔들어 보았고

산새도 서로 좇아 깃을 펄럭였지만

무엇이 진정한 적막인지는

그도 저도 말하지 못하였다

바쁜 웃음꽃 - 고향예찬

우륵재* 나루 건너
맑은 자갈 내를 낀 작은 한촌 들,
그린하우스 단지

황새도 왜가리도 뚜벅뚜벅
사람도 느릿느릿, 마주 보며 물끄러미
하루 해가 가는데

매양 노는 듯한 손들이 어느새 서둘러
피망 브로콜리 양상치, 자굴산 곰취를 싣고
새벽 트럭들이 부산 대구 서울로 내닫고

키 큰 미루나무는 갈잎 질 때 아니라도
가마득 줄이 길어 어느 때고 향수는 목에 차고
언제 날아든 건지 메타세콰이어 한 그루가
미루나무 갑절로 커, 하우스를 휩쓸 것 같아서-,

강풍도 제풀에 놀란 양, 조마조마
쓸고는 쳐드는 고개가 저도 몰래 웃었고,

스프링클러가 돌고 있는 하우스 한 켠에는

하얀 찔레꽃 한 무리가 웃고 있었다

한 뼘이 아쉬운 하우스, 가시 찔레가 왠 일!

바쁜 여울물, 연지볼 까매진 골에 웃음은 더 바빠

기러기 발끝도 붉은 노을을 탄금하고 있었다.

---

*우륵재 : 낙동강 중류 합천군 적포대교 옆 일명 필재. 근교 신반 출신 우륵의 유지(遺址)로 추정되어, 우륵재 혹은 우르리로 지칭되고 있음.

순간

거친 잎새 사이로
촘촘히 박힌 마가목 열매들이
오후의 햇살에 붉게 빛나는 정원에서

진실의 크기를 생각하다가
반비례하는 순간의 양을 얻었다

푸른 순간의 진실이
천천히 긴 계절의 다리를 건너며, 잎은
멈추지 못하는 예감의 파장을 타고
붉은 열매 위에서, 먼 거리로 내닫는
암록의 빛을 발하고 있었다

언덕에서 문득

두 마리의 소가 가파른 비탈을 오르고 있었다
푸석한 길바닥에 발굽이 자주 미끄러져
풀섶에 가려진 패인 골에 헛발을 디디고
돌출한 돌멩이에 발굽 끝이 깨지는 소리를 냈다
앞선 소가 가끔 숨돌리며 뒤돌아보지만
뒤따르는 소는 큰 몸집이 가쁜 숨을 내뿜었다
잠시 숨을 돌리며 나란히 서보지만 이내 흩어지고
홀로 걷기 힘든 길에 크고 무거운 것들이
가파른 비탈길을 좀처럼 나란히 걷지 못했다

작은 멧새 두 마리가 비탈길에 팔랑대고 있었다
가벼운 것들이 길섶을 쉴 틈 없이 넘나들며
서로 붙잡으려 엉키며 자지러질 듯 울다가
이내 흰 배꼽 털을 드러내며 풀어지기를 되풀이했다
불안한 비탈에서 새의 몸집은 균형을 잡지 못했다
한참 후에 수습한 깃털로 숲을 헤쳐 날아올라
익숙하고 절제된 평온한 가지에서 내려다보며
힘들여 언덕에 올라 나란히 선 소들을 바라보며
머리채를 물린 새의 깃털이 파르르 보풀을 일으켰다

바쁜 웃음꽃

아리랑 정선에

정선 동강江에 마리풀 일렁이니
구름은 산빛에 머물고
느릿한 아리랑 가락 가슴에 무겁다
어디서 작은 울림이 옥적玉笛에 실려와
연모는 청옥빛 머루알로 익는데---

마음 붙일 데 없다 함은
그 심중 풀어 그에 두고픔과 어찌 다르랴
떠나기 싫어서 붙일 데를 찾는데---

옛 선인들 들어가선, 아니 돌아 나온 일을
새로 새겨 찾으니, 그곳은 두문杜門동
옷깃 잡아주는 풀꽃마저 반가운데
언제 다시 오려나, 두고 오는 마음
아리랑을 넘는다

비비새 소리

옥수수 꺾어 낸 밭머리
마른 대궁이 부러지는 소리에
놀란 청개구리 비를 부르네

숨죽여 건너던 징검돌
망설이다 입가는 땀에 젖고
입 속을 맴돌던 떨림은
끝내 눈으로만 두근대다
조약돌 치고 가는 여울물에 흘렀네

작은 비비새 소리에 놀라
등 돌리는 사시나무 잎사귀가
빗소리에 떨며 하얗게 부풀었다

빈 골목

담 너머로 휘어진 가지 끝에
주인도 무심한 채 매달린 살구 세 개
낙조에 잘 익은 한 개가
골목길에 떨어져 터져 있었다
며칠 후엔 또 한 개가 떨어져 으깨져 있었다

남은 하나를 초조히 생각하다
이튿날 이른 새벽 찾아 갔을 때
그마저 없어지고 빈 가지만 기웃거렸다
떨어져 으깨진 자국도 없었다
빈 골목을 서성였다.

산머루

산새들 눈맞춤에
풀 내음 물빛으로 여물고
짙어가는 동그라미 꿈
이슬 맺혀 아련하다

노루들 쉬어 가는
검은 바위 저 너머로
황홀히 웅어리지는 그리움
푸른 연모가 외로워,
뜨거운 햇볕
아득히 먼 산정,
아직은 닿을 듯 못 이룬 사랑
먹빛 머루가 익는다

천년의 미소

충남 서산군 어딘가를 지나다가
산골 물이 보이길래 '관수觀水'라고 중얼대다가
물소리에 이끌려 산길로 접어 오른 한참 만에
길섶 돌멩이 하나를 발로 밀어 툭 찬 것이
되려 아래로 굴러, 좀 민망해 헛기침을 하며 뒤돌아 보니
높은 바위에 새겨진 석상 셋이 나란히 웃고 있었다
오를 때 보지 못한 암벽 석상의 모습은
사람들의 입에서 '천 년의 미소'가 되었음을 나중에 알았는데
그날 하루를 보태어도 미소는 여전히 천 년의 것이었다

머리 위로 모여드는 산까치들이
암벽 석상 위 소나무 숲을 들락거리며
초봄에 잘못 찾은 짝을 새로 가리는지 떼 싸움을 벌여
계곡을 건너간 산울림이 앞산조차 흔드는데
천 년도 관음觀音이기엔 아직도 두려운지
혹은 천 년이라 눈도 귀도 다 지쳐버린 관음인지
새 소리 아우성이야 들리거나 말거나
물어 찢긴 볏에서 피가 나고 뜯긴 머릿깃이 바람에 드날려도
여전히 미소는 고요한 채로 천 년의 것이었다

한복선

떡고물이 일상에 지친 우리에게
눈처럼 내렸으면 좋겠다.

작가 소개

서울 돈암동 출생, 『문파문학』 신인상 시 부문 등단
중요무형문화재 제38호 '조선왕조 궁중음식' 이수자
(주)대복 회장, 한복선식문화연구원장, 문파문인협회회원, 신시문학회회원
저서 : 시집 『밥하는 여자』

가을 은행

우리동네 오래 된 은행나무 묵묵히 계시다
기침 가래 오줌싸게 옻가려움에 아파하면
심장 닮은 알맹이 다 내어 곱돌 약탕관에 생명을 내신다
공손수公孫樹
묵언의 깊은 세월에 자식을 생산하니
너는 분명 은행銀杏 은빛살구 옛 여인
짙은향 노란겉옷 벗기면 하얗고 딱딱한 갑옷,
힘들여 깨어 보면 얇게 비치는 갈색속옷 입은
기다림에 농익은 가을 여인
황금빛 은행잎이 우수수 깊은 눈물을 쏟고
툭툭 섧게 내음새로 떨어진다

칠월칠석 공양

은하수의 오작교 까마귀 까치 다리
뜨거운날 태풍 되어 더욱 흔들렸다
견우 직녀 칠월칠석 일년에 한번
보고 싶은 만남의 뜨거운 눈물이
비 되어 쏟고 있다

진관사에 칠월칠석 공양
밀국수와 호박밀적 제를 지낸 참외가 달다
사나움이 없는 절밥
생선 고기 파 마늘 없는 채소 반찬들
맑고 무심한 중생 되라 하시고
깊이 흐르는 어둠 숲속
새들도 이별슬픔에 조용하고
밤하늘 미리내는 하얀모시 다리 되어
방울방울 눈물로 반짝인다

유월유두

무더위가 냇가에 물씻기 하고
밀가루로 만든 옥구슬 허리춤에 차고
不淨부정을 떠나 보냈다
유월 보름 유두절
밤 하늘에 손톱 만한 조각달이
짙푸른 하얀구름 먹으며
햇밀로 부친 둥근 밀적 보름달 되어
바람 숭숭이는 싸리채반 위에 떴다
그날밤
높이 뜬 차가운 환한 달이
솔향기 먹은 청안한 하얀 서리 되어
하늘 가까운 내방에 조용히 내려
내 몸 달빛에 잠겨 깨끗한 선비 되어
시 한편 쓰다

내연의 MSG

나를 시렁에 감춰 두고 너는 산다
나와 함께 친하면 많은 이가 흉을 본다
그래서 나는 가만가만 남모르게 숨어서 내 맛을 보여주며
내 덕에 너는 솜씨 좋다 칭찬 받는다
실은 그네들도 절친인 나를 흠모하지만
무너지지 않으려는 맛의 도사들
아주 조금 잠깐의 거짓을 말하듯
나와 함께한 것을 부끄러워하며 나를 감춘다
어느 때부턴가 나는
함께하면 안 좋다는 풍문에 은근슬쩍
숨어 살게 된 내연이 되었다
휘휘 감치는 나의 매력의 실체는
바닷속 흐드러진 소금기 속 해초맛
볕 아래 빨간 미세포를 흡입한 토마토맛
자연의 자식이지만
나를 감추려는 음식인의 자존심이
비법이라 나를 밥상 위에 몰래 숨어들게 했다

무심 부엌

박물관 부엌전에서
젊은 해설사는 부엌 조왕신을 말하고 어머니의 맛있는 추억
풍요로운 그림으로 그린다

검댕이 알전구 눈감은 듯 흔들리며
어둠 속에서 아궁이 연기가 섧고 매운 눈물 되어 줄줄 인다
넝닝구 찢어진 까만행주 자싯물통에 빠져있고
시렁에 꽁꽁 얼은 사발들 거북이등 같이 갈라져 아프다
모진 평생 부엌지기 어머니
움푹 파인 도마에 파 마늘 으깨 넣은 반찬들
우린 맛있다 그립다 추억할 뿐이다
바람들던 추운 부엌 무심한 우리들
뚝딱뚝딱 숭숭 뚫린 구멍도 막고 선반도 달아 드렸더라면
불쌍하게 가난하게 부엌 속에서 사시다 간 어머니
이제야 사랑한다니 가슴에 찬바람이 숭숭인다

마늘쫑

그가 분홍 보자기에
마늘쫑을 무겁게 싸주었다
그의 어머니가 푸석한 땅에 굽어 지고
뜨거운 마늘밭에 숨이 차다
홀로 돌밭에 가을날 심어둔 자식 마늘종자
쑥쑥 자라 오월에 쭉 뻗은 마늘쫑 뽑아
된장 고추장에 박고 무쳐 짭짤한 찬거리로 해 두시고
자꾸 벌어지는 오형다리로 마늘자식 모질게 키우신다

그날밤 나는 그의 어머니 마늘쫑에 새콤달콤 초간장을 부으며
자식의 응석인 조각바람이 어미 가슴에
무거운 큰바위로 던져지는 모성을 생각했다
세상의 자식들아 부모에게 울지마라

매운맛

도니제티의 오페라
사랑의 묘약 "남몰래 흐르는 눈물"
감동적 사랑의 아픔에 고통을 부른다
청양고추 캡사이신을 먹은 듯 입술 언저리가 따끔이고
입속이 얼얼 머릿속 땀 내며 얼굴이 벌게지도록
절규하며 감동적으로 아이다를 부른다

사랑의 아픔과 고통
매운맛이 또 먹고 싶다
죽음 같은 더 쓰린 절정을 갈구하듯
닭날개 튀김이 사랑처럼 맵고 맛있다

준치새

준치가 새되어 날고 있다
바다에서 하늘로 날려 한다
고상하고 단아한 빛나는 준치
온몸에 잔가시로 몸을 사린다
해부학을 펼치니 투명한 쌍쌍의 뼈
눈썰미 좋은 그녀 조각조각 모아
날개 단 준치새로 다시 태어났다

그녀는 늘 날고 싶었다
행주치마에 슬프더니
앵두 물고 하늘로 나르는 새가 되길
실오라기에 잡혀 담을 넘지 못하는 새
날고 싶다
오늘은 눈부신 초록 단오날
처마 밑 바람에 양기가 펄럭인다

조개젓

강경 젓갈시장 골목
쪼구리고 앉아 먼 시간 보며 눈을 감고 있다
고요속 소리는 멀고 들릴 듯 멀어질 듯 사라지지 않고
외로움 속에 혼자 집 지킬 때
창틈 햇빛 먼지소리처럼 뽀얗게 들린다
큰 저잣거리 흥청이던 백년 전
끓는 소금 바람 짭짤하구
협동조합 소금꾼들 돈 구르는 바람속에
먼 웃음소리 골목으로 졸졸 시원하게 흐른다

끝없이 긴 시간 어둠 속 토굴에서 노르스름 곰삭은
조개젓에 식초 다진풋고추 깨소금 고춧가루 맛낸
조개젓무침 뜨거운 쌀밥에 한 점
감칠맛 옹달샘 침이 자꾸 솟는다

백비탕

빨갛게 달구어진 구공탄불 위
양은 솥단지 물이 용솟음 치듯 부글부글 백번 끓다가
자글자글 작은 방울로 잠재운다
뽀얀 수증기 되어 조용히 화가 걷히며 학처럼 날아
잠자며 식어가는 백비탕 속에 내가 고요히 있다
하루 하루 맘속에 속을 끓이고 식히고 끓이고 식히고
참 순수와 인내를 익히면서
백비탕의 비어진 맛을 음미한다

장명순

삶을 허비하지 말자.
매사에 만족하고
감사하며 살기로 한다.

작가 소개

경기도 수원 출생, 새문안교회 권사
『문파문학』신인상 수필 부문 당선, 신시문학회 회원

인생, 마지막 4중주

지난 9월(2013년), 야론 질버만 감독의 '마지막 사중주' A late quartet 란 영화를 봤다. 원어대로 후기 사중주가 더 마음에 와 닿는다. 세계적으로 유명한 푸가 현악 4중주는 25주년 공연을 앞두고 베토벤 작품 열여섯 현악 사중주 중에서 열네 번째 곡을 연주하는 내용이다. 어느 날 그들의 정신적 멘토인, 첼리스트가 파킨슨병 초기란 진단을 받고 은퇴를 결심하는 순간, 헤아릴 수 없는 충격과 혼란에 빠지게 된다. 그들은 가장 가까운 스승과 제자, 부부 그리고 옛 연인 친구 등으로 구성된 네 사람은 긴 세월 동안 억눌려왔던 감정 속에서 사랑과 고민, 갈등의 불협화음 이란 위기를 맞게 된다.

현악 사중주란, 제1바이올린과 제2바이올린, 비올라 그리고 첼로로 구성된 클래식 음악이다. 제1바이올린은 정확하게 사중주를 이끌어가야 되고 제2바이올린은 그를 빛나도록 뒷받침해주며, 또한 온갖 어려움을 참아내는 듯한, 묵직한 소리의 비올라, 그리고 저음으로 화음의 무게를 실어주는 첼로가 있다. 이들은 서로 급이 다른 것이 아니라 각자의 역할이 다를 뿐이다. 이렇듯 네 연주자는 제 역할에 충실하므로 감동적이고 아름다운 화음의 사중주를 만들어 낸다.

영화에서 표출된 갈등은 제2바이올린이 자기 역할을 잊고 제1바이올린의 역할을 하고 싶은 뜻을 비침으로 불협화음이 시작된다. 그럴 수도 없거니와 화음의 균형이 깨질뿐더러 더 이상 사중주를 지속할 수 없게 된다. 또한 제2바이올린 연주자와 비올라 연주자(부부)사이에 바이올린 공부하는 딸이 하나 있다. 그 딸은 제1바이올린 연주자에게 레슨을 받으며 가까운 사이가 되자 아버지 몰래 사랑의 애증을 겪게 된다. 온통 단원들의 감정이 폭발 치면서 어수선한 분위기 속에서 사중주단의 장래가 무척 불투명해 보인다. 음악 속에서 빚어지는 사랑과 애증을 겪는 위기의 현실 속에서 어떻게 그들의 갈등을 잠재우고 현악 사중주단을 이끌고 갈 것인지 궁금하고 걱정스럽다.

그런 와중에 사중주단의 멘토인 첼로 역할의 '피터'는 자기 몸에 이상이 왔음을 감지하고 있다. 자기의 병으로 인해 푸가 사중주단이 위태로워질 것을 심히 염려한 끝에 본인의 마지막 25주년 연주가 될, 유명한 베토벤 현악 사중주 14번을 연주할 것을 제안한다. 그들이 당면하고 있는 불협화음의 난관을 뚫고 나가는 길은 오직 이 길뿐임을 암시해 주는 것 같다. 왜냐하면 난이도가 어렵기로 유명한 이 곡에 열중하게 되면 그동안 쌓였던 잡념들을 떨쳐버릴 수 있어 본연의 위치로 돌아올 것을 확신한 듯하다.

엄청난 위기와 함께 펼쳐진 그들의 모습은 숨길래야 숨길 수 없는 인생의 나약함을 엿볼 수 있다. 한편 사중주단의 노장, 첼로주자의 기발한 멘토는 그들의 어수선한 감정을 한데 묶는 계기가 된다. 세계적인 '푸가' 사중주단은 대를 위해 소를 내려놓음으로 진정 아름다운 감성의 베토벤 현악 사중주 14번을 탄생시킨다.

요즘, TV 뉴스나 신문을 읽게 되면 영화 속의 마지막 사중주와 흡사하다. 한 나라를 이끌고 갈, 최고 통치자는 제1바이올린이고 그 통치자를 뒷받침하며 국민의 안정과 생계를 책임지는 장관은 제2바이올린과 같다. 또한 지역적인 난관들을 극복하며 나라와 민족을 위해 봉사하는 국회의원들은 비올라 역할이며 자부심을 갖고 질서를 지키면서 묵묵히 따라가는 국민들은 첼로 역할이라 생각된다.

　정당 각 분야에서 제2바이올린처럼 특별히 자기 소리를 내기를 원할 때도 있다. 그러나 세계관을 바라보며 국가와 국민의 이익이 아니다 싶으면 속히 나를 돌아보는 성찰역이 필요한 것 같다. 옛 구습에 너무 집착하지 말고 나라와 민족을 위해 진취적이고 미래지향적이며 혁신적인 나라가 되길 소망한다. 이것이 국가를 돕는 일이며 최고 통치자를 뒷받침하는 국민의 역할이 아닐까 한다.

　돌이켜 보면 우리는 세계가 겪고 있는 심각한 온난화문제, 스마트폰으로 망가져가는 청소년문제, 잘못된 이념의 갈등에서 심각한 인생 불협화음의 위기에서 허덕이고 있는 현실이다. 세계적인 푸가의 현악사중주단은 온갖 위기를 극복하며 베토벤 14번을 성공적으로 이끌고 갔다. 이처럼 이 시대를 살아가는 우리도 온갖 현재의 난제를 참아내며 화합하는 나라가 되었으면 하는 바람이다. 어렸을 때 부모님으로부터 들었던 말이 떠오른다. 우리나라 개국 초대 대통령, 이승만 박사께서 외치던 슬로우건slogan이다. "뭉치면 살고 흩어지면 죽는다" 이것만이 우리의 살길이 아닌가 싶다.

^{수필} 깨진 그릇

　신록이 짙은 6월 초, 같은 아파트의 옆 동으로 이사했다. 몇 번의 경험이 있기에 이사 짐 센터에 의뢰해 그런대로 편하게 새 터전으로 옮겼다. 거의 마무리할 무렵 주방 그릇 정돈하는 아주머니가 아껴 쓰던 커피포트를 떨어트려 그만 깨트렸다. 누구나 일하다 보면 이런 실수를 하게 마련이다. 당황하며 빨개진 얼굴로 "죄송합니다" 주인의 눈치를 살피며 마루에 흩어진 유리조각들을 맨손으로 줍던 모습은 지금도 눈에 선하다. "다친 데 없어요?" "네" "다행이네요" 위로해 주며 같이 거들었으나 어쩐지 마음 한구석 아쉽고 허전했다.

　남들 보기엔 대스럽지 않겠지만 나에게는 소중한 주방, 커피코너를 마련하고 있다. 깨진 커피포트는 6년이란 긴 세월 동안 나와 함께했던 오랜 친구 같은 존재이기 때문이다. 이른 아침 콜럼비아의 수프레모와 에티오피아의 예가체프와 하라, 고유의 진한 맛과 깊고 풍요로운 향을 제공해주는 도구이며 반려자이기 때문이다. 그뿐인가 희망과 꿈을 안겨주며 반성하는 기회도 만들어주는 명상의 공간도 마련해 준다. 아직 경험해 보지 못한 또 다른 미지의 내일을 상상하며 호젓한 나만의 세계가 열리는 곳이다.

　갑자기 덩그렁 홀로 남은 몸체의 빈자리의 존재감은 온통 부엌 전체를 허전한 커피코너로 퇴색시키고 있지 않았을까. 하기야 동반자인 커피포트를 잃었으니 볼품없는 커피머신으로 점점 초라해질 수밖에 없을 게다. 그럼에도 불구하고 나는 새것으로 대체하기 싫었다. 몸체만 남은 텅 빈자리는 아직도 따뜻한 온기가 남아있는 듯해 한 달여 동안 애정 어린 눈으로 계속 바라보기만 했다.

2009년, 커피학교를 수료하고 오랫동안 드립커피나 핸드드립을 번갈아 음미하길 좋아했다. 이젠 핸드드립 커피만을 즐길 수밖에 없다. 손때 묻은 깨진 커피포트에 대한 집착이 너무 컸기에 새로운 것이 들어갈 틈이 없어 다른 것으로 대체할 생각조차 안 했던 것이다. 사실은 드립커피보다 핸드드립 커피 맛이 훨씬 좋다. 하루하루 시간이 갈수록 깨진 커피포트의 아쉬움의 긴 시간적 공간에서 하루 속히 벗어나고 싶었다. "이미 나의 주방 커피코너를 떠났잖아?" 스스로 마음을 다스리며 조용이 내 안을 들여다보았다. 솔직히 그 안엔 새로운 것을 사고 싶은 갈망이 깊숙이 공감하고 있었다.

며칠 후, 주방 커피 코너엔 새로운 커피메이커가 손님처럼 어색하게 자리하고 물끄러미 나를 쳐다보고 있다. 마주치는 눈빛과 눈빛 사이에 어떤 새로운 의미를 부여해 주고 있는 듯하다. 아니, 보기만 해도 즐겁고 기분이 상쾌해 지는 것 아닌가. 나는 진즉부터 이런 만족감의 분위기를 수용하고 싶었을 내 마음을 잘 알고 있기 때문이다. 우선 새 커피메이커와 친해지려고 마음 굳힌 듯하다. 그러기에 좀 더 격조 높은 하와이 코나 커피, 엑스트라 펜시extra fancy를 음미하기로 했다. 입 안 가득히 목젖을 타고 내리는 달콤새콤한 맛과 향은 오랫동안 우울했던 나에게 기쁨과 행복을 공유해주는 순간을 마련해 준다.

눈을 들어 창 너머 저 멀리 내려다본다. 파란 하늘 밑, 서울의 멋진 풍경이 한 눈에 들어온다. 거기엔 고난의 상처를 감추려고 또는 정당화 시키려는 집착의 늪에서 허덕이는 8순 된 내가 보인다. 돌이켜 보면 내 안(삶)에 깨진 그릇들이 얼마나 많을까? 아마 수없이 많을 게다. 어렸을 때(중학교)꿈은 학교 선생님이었다. 대학생이 되어서는 오페라 성악가가 되고 싶었으나 엉뚱하게 영문과를 전공했다. 한국 전쟁으로 인해 의식주에 몰두하느라 엄두도 내지 못했으니 어린 시절 야무진 꿈은 깨진 그릇에 불과했음을 회상해 본다.

커피포트(물건)가 깨졌다는 사실은 돌이킬 수 없는 현실이다. 깨진 그릇이 아까워 안달한들 깨진 그릇이 재생되는 것 아니잖아? 이미 깨져 버린 포트의 아쉬움과 원망만 증폭될 뿐, 한 달여 동안 허전하고 우울하게 지냈으니 결코 행복하지 못했다. 그 후, 깨진 그릇의 아쉬움의 집착을 내려놓기로 했다.

비로소 내 눈에 보이는 것들이 모두 아름답게 보이며 삶의 열정이 되살아나는 것 같다. 그 아름다운 공간에서 격조 높은 커피 향 음미하며 '파리 챔버 오케스트라'의 티켓을 얻는 행운이 나를 기다리고 있다는 안위에 젖는다. 삶의 터전을 옮기자마자 일석이조의 기쁨을 맛보았으니 앞으로 좋은 일만 일어날 것 같다. "하나님이 허락하신 노년기의 삶을 허비하지 말자, 깨진 그릇의 집착에서 속히 벗어나자, 매사에 만족하고 감사하며 살자" 깨진 그릇, 커피포트의 교훈인 듯 싶다. 나는 아직도 철이 들어가고 있는 중인가?

^{수필} 종이컵

　5년 전, 커피 바리스타 공부를 했기에 항상 내 주위의 화제는 커피 이야기로 가득하다. 내가 출석하는 새문안 교회에서 새벽기도회 커피봉사를 하기에 종이컵은 없어서는 안 될 소중한 필수품이며 빼 놓을 수없는 나의 친구다. 해를 거듭할수록 이른 새벽, 4시 30분에 커피 준비하기란 무척 피곤한 봉사이기에 쉬운 일은 아니다. 하얀 종이컵은 김이 모락모락 나는 커피 매이커 곁에서 다정하게 조화를 이루며 그의 임무를 위해 조용히 대기하고 있다. 보기만 해도 마음 한구석 뿌듯하고 고맙다. 만일 종이컵이 없다면 그 많은 도자기 찻잔이나 스텐 찻잔을 어떻게 준비한단 말인가. 종이컵은 우리에게 편리하고 윤택한 삶을 제공해 주는 고마운 동반자이다

　종이컵 크기의 종류는 다양하다. 작은 것, 중간 것, 큰 사이즈로 구분되어 있다. 새벽기도회에 참석하는 100여명의 많은 성도들이 골고루 사용해야 하기에 작은 사이즈로 구입했다. 식사 후 하얀 종이컵을 들고 삼삼오오 대화하는 모습은 요즘 현대인들의 생활화가 된지 오래다. 무심코 차를 마시다 보면 종이컵의 수고를 쉽게 알 수 없다. 하지만, 차 마시기를 멈추고 종이컵 안을 들여다보면 뜨거움을 참아내는 인내의 미덕을 엿볼 수 있다. 그로 인해 상쾌한 아침 동안 즐거운 대화를 지속하며 봉사의 열정도 맛보게 된다. 비로소 우리는 대중을 위해 종이컵의 필요

성을 알 수 있다. 이른 새벽, 가끔은 아무도 알아주는 이 없다고 생각되지만 시간이 갈수록 종이컵과 더불어 커피 기술이 점점 향상되는 것 같아 자신감도 갖게 된다.

요즘, 사람들은 대량 생산되는 펄프로 만든 종이컵을 널리 사용하고 있다. 한번 사용한 종이컵은 미련 없이 손쉽게 버리는 습관에 길들여지고 있는 현실이다. 수년 전, 미국에 있을 때다. 그곳의 종이컵은 너무 예쁘고 튼튼하다. 한번 사용하고 그냥 버릴 수 없어 남편의 핀잔을 들어가며 집에 들고 오곤 했다. 깨끗이 씻어 물을 붓고 양파를 올려놓았다 또 다른 컵에도 흙을 담아 꽃씨를 살짝 뿌리고 하루를 번갈아가며 깨끗한 물을 채워주었다. 며칠 후, 노르스름한 연두색 새싹은 눈부신 햇살 틈 사이로 수줍은 듯, 살며시 고개를 내밀고 있다. 덩달아, 가느다란 꽃대 위에서 겨우 얹힌 듯 만 듯한, 가냘픈 꽃도 창가에서 생글거리고 있지 않나? 종이컵은 밤이나 낮이나 쉴 새 없이 물과 흙과 함께 한 생명체를 일구어내느라 얼마나 힘들었을까.

어느덧, 종이컵은 시간이 흐를수록 쪼글쪼글해진 빛바랜 볼품없는 모양새로 퇴색하고 있다. 하지만 그의 수고는 헛되지 않았다. 종이컵을 활용하므로 단조로웠던 부엌이 화사하고 운치 있는 분위기로 바뀌었으며 알뜰한 주부의 안목도 돋보이게 해줬기 때문이다. 그때의 작은 설레임은 나의 행복지수를 높여주었으며 지금까지 그의 소중함을 인정할 수밖에 없다. 그날따라 핀잔만 주던 남편도 빙그레 웃고 있었다.

종이컵이 홀로 있을 때는 그저 종이컵에 불과하지만 그 안에 큰 가르침을 알 수 있다. 항상 수동적으로 순종하며 희생하기를 마다하지 않고 인내심으로 우리에게 필요를 채워주는 고마운 종이컵이다. 오늘은 휘트니스에서 스트레칭하는 날이기에 땀을 많이 흘려 갈증이 나기에 의자에 앉아 쉬고 싶다. 시원한 물을 종이컵에 받아 꿀컥꿀컥 마시니 목젖을 타고 내리는 시원한 물은 꿀맛과 같다. 어느덧 갈증이 해소되면서 에너지가 충족되는 순간이다. 여전히 종이컵은 계속 친해질 수밖에 없는 나의 동반자요 없어서는 안 될 소중한 필수품이다.

수필 빛과 어둠 사이

빛과 어둠 사이는 감사와 사랑으로 형성된 아름다운 우주공간이다. 억만년 역사를 거쳐 빛과 어둠 사이의 수레바퀴에서 생명력의 존엄성은 존귀하고도 경이롭기만 하다. 빛이 있기에 어둠이 있고 어둠이 있기에 만물의 생명체가 공존하면서 끊임없는 미지의 세상을 꿈꾸며 체험하는 빛과 어둠 사이는 하나님의 창조의 권능으로 존재하는 것이다.

만일 우주공간에 어둠이 없고 빛만 있다면 어떻게 될 것인가? 아마도 뜨거운 열기에 말라버리든지 타버려 이글거리는 용암뿐일지 모른다. 또한 빛이 없는 암흑세상을 상상해 본다. 지렁이가 우글거리는 진흙탕 같은 지옥이요 생체계가 존속할 수없는 무저갱이 될 수밖에 없을 게다. 이렇듯 빛과 어둠은 서로 밀어주고 끌어주며 각도와 평행을 유지하면서 그림자를 형성하는 곳이 우리의 삶의 터전이기도 하다.

우주공간은 마치 어머니의 뱃속과 같다는 생각을 해본다. 그 작은 공간에서 탯줄을 통해 영양분을 섭취하며 언젠가 때가 되면 세상으로 나갈 수밖에 없는 태아의 삶이다. 우리 인생도 언제쯤, 생을 마감할지 모르는 삶이지만 사는 동안 감사와 사랑의 열정으로 사는 곳이 빛과 어둠 사이이다. 잠시 쉬었다가는 순례자의 정거장에 불과하다는 생각을 해본다.

구약성경, 욥 6:1-7절의 설교 말씀이 기억난다. 욥이 갑자기 참기 어려운 고난과 시련에 봉착했을 때 그의 간절한 기도가 마음에 와 닿는다.

'하나님 나의 괴로움과 나의 파멸을 저울 위에 올려놓으면 바다의 모래보다 무거울 것입니다'라 고백하며 구원기도 드리는 내용이다. 이처럼 인생은 슬픔과 아픔의 늪에서 허우적거리며 고통을 참아내며, 서로 용서하며 열정적인 사랑을 나누는 곳이다. 그러므로 버거운 고난을 견디다 못해 상처투성인 육신의 치유와 메마른 영적치유를 위해 하나님께 간절히 기도하는 곳이 바로 빛과 어둠 사이, 요나의 기도와 같은 우리 인생이다.

빛과 어둠 사이, 그림자 같은 세월 속에 파묻혀 어떻게 살아갈 것인가? 우주만물을 창조하신 하나님께서 그 만물을 우리에게 값없이 거저 주셨건만 감사할 줄 모르고 살아왔음이 무지했으며 부끄럽다. 그 아름다운 자연을 소중히 다루고 아끼며 정성껏 관리해야 한다는 마음 가득하다. 뿐만 아니라 지금도 여전히 호흡하고 있는 곳이기에 감사드리며 더욱 살아 볼 만한 아름다운 곳이다.

김순례

노을빛에 물든 단풍이 아름답다.

작가 소개

충남 부여 출생, 『문파문학』 신인상 시 부문 당선
한국 문인협회 파주지부, 신시문학회 회원
수상 : 파주시 여성 기예경진대회 시 부문 최우수상
저서 : 공저 『파주문학』 외 다수

눈꽃

하얀 매화꽃잎을 뿌려 놓은 듯 부시다
나만의 길을 내며 걸어본다
머리 위에 하얀 꽃이 피고
옷자락에도 눈 꽃 무늬 아름답다
맘 설레다 뭉클해진다
먼 그날
하얀 면사포 위에 고운 꽃 얹고
주부라는 명함 가슴에 달고
웃음 반 눈물 반 마음 밭에 뿌리며
가족의 굴레 맴돌다 뒤 돌아보니
어느새 호시절 물결 따라 흘러가고
노을빛에 젖은 허수아비처럼
구름 지난 하늘 본다,

나에게

검은 파고가 가슴을 후비고 들어온다
전신이 조각조각 물거품에 휘말려
허공에 대고 큰 소리 토해내 본다

참나무야 너는
몇 천 번이나 참아야 내 손잡아 줄 수 있으랴
송두리째 흔들리는 세상

유리 조각 흩어진 듯 서슬이 퍼런
내 안의 모든 것들 한 점 남김없이
하얗게 소멸시켜 줄 수 있다면

어머니의 향기

눈 내리는 날이면 누룽지를 끓인다,
향기 한 모금
어머니 가슴처럼 평화롭다

언제나 누룽지 향이 그윽하던 어머니의 부엌
아궁이에선 고구마와 밤이 익어가고
화롯가 된장찌개 내움 맴돌던
내 유년의 뜰

굽이치는 강 헤엄쳐온 노을 짚어
강 건너 아련히 보일 듯 말 듯 어머니
금방이라도 숭늉 한 모금 주실 것 같아
보고 싶다고 사랑한다고 말해보지만

빈 부엌엔 누룽지 향기만 가득하다

공간 속에서

눈 먼 씨앗 하나가 두뇌를 흔들다
가슴속으로 들어와 선혈을 헤집으며
좁은 공간 속 자리를 잡았다

시간은 깊어 가는데 혈관을 파고드는 검은 씨앗
가슴속에 스며들어
손발이 후들후들 전신이 몽롱해진다

말갛게 걷어내려다 사라지는 물채
천지신명을 부르며 애원하며
실핏줄에 맑은 이슬 한 방울 넣어 달라고

창 너머 먼 하늘에 빌어보지만
먹구름이 별빛을 가로 막으려 달려오고 있다

나비의 탈

한생을 반으로 접어 흐르는 물 위를 탈 쓰고 난다
꽃바람에 휘말려 손으로 하늘 가리고 광대 춤추며
가슴속에 꽃무늬 새겨 꺼냈다 묻었다 안개 늪에 빠져

시들어가는 반쪽 가슴에 못 박고
태연하게 가면 설로
노을이 저물 때까지 행복 탑 지키자 한다

나비의 내면에 숨은 주홍 필름 확인하던 순간
가슴 흔들리는 반쪽
탈을 벗겨 세탁하려 애써보다
얼룩진 나비의 탈 접어 허공에 뿌려본다

가시나무

나를 심어준 이 누구이며
길러 주는 이 누구란 말인가

온몸에 푸른 독물이 넘쳐
주체할 수 없어
팔다리를 아프게 찌르고

봄가을 없이 꽃이 피고 져도
악의 씨앗이 목구멍까지 차
하늘만 아득하다

어찌하지 못해 허공에다 외쳐본다
"거기 누구 없나 거기,
누구라도 나를 시냇물에 띄워 해독시켜 주오"

아카시 꽃

오월의 부신 빛에 굴리는 하얀 꽃 타래
태고의 괴로움으로 독침을 토해내며
순결을 지키더니

아낌없이 단물동이 내어준다
나 없이 못산다던 그대
바람결에 사라지고

그대 가신 자리에 녹음만이 짙어
뭄겨누운 아카시 꽃
올올이 곡비처럼 쏟아져 내리네

겨울 까치

열매도 잎도 다 떨어진 나뭇가지에 앉아
산허리가 터져라 오열하는 너
운다 한들 날개 펴고 날아간 새끼들
시린 바람 막아 줄 수 있나
먼 길 떠난 친구 돌아올 수 있나
그냥 나무들이 기침할 때까지 침묵하여라
호시절 물결 따라 흘렀지만
명년 춘삼월이면 잎 피고 꽃 피겠지
언 몸 녹이는 소리 냇가에서 들려오겠지
그땐 깃을 곱게 단장하고 무리에 어울려
목청 다듬어 산야를 자유로이 날거라
깍깍 깍 기쁜 소식 전하는 노래 불러라

기울어진 시곗바늘 바로 세우고

파란 달력을 안고 서 있는 해바라기
태양이 주신 선물 듬뿍 받아
벙글은 가슴 핑크빛 웃음 짓고

노란 금동이 대대로 이어받아 이고
수줍은 새색시인 양
고개 숙인다

누구라도 내 가까이 오시면
기울어진 시곗바늘 바로 세우고
시간의 흐름 속에서
편안하게 숫자 놀이 하리라

깨진 그릇

어머니의 손맛이 숨 쉬고 있다
달고 맵고 짠 맛이 어우러진 항아리에선
세월의 무게를 걸머진
갈래 길이 보여 아리다
이제 그만 보내야지 하고
속 비워 편히 가라며 씻어보았다
입 쩍 벌리고 원망의 눈으로 나를 보는 너
눈시울이 아려 구름 속에 숨은 어머니 모습
가슴에 스미는 그리움
그리움의 끈을 쥐고 맴도는
금간 항아리의 상처 틈새를 치료하고 흔적마저
너와 함께 하고파
숙성된 고추장 항아리 쓰다듬으며
먼 하늘만 바라보고 있다

김현찬

돌아보니 아련한 길
가야 할 길 보이지 않아도
단풍잎 하나둘 모으며
바람 따라 갑니다.

시 | POEM

가을 햇볕에
종이 컵
껌
열매
언덕 너머

수필 | ESSAY

꽃신을 신으며
마음의 안식처
빛과 어둠 사이

작가 소개

한국문인협회회원, 문파문인협회회원
현대수필문학회회원 · 이사, 신시문학회회원
보타니칼아트(한국식물화가협회)회원

가을 햇볕에

바람이 서늘도 하고
하늘에 뭉게뭉게 보이는 얼굴
가을 햇볕에 그리움 익어
갈대가 피네

코스모스 닮은 여인
부러질 듯 하늘하늘 논둑길에 서려 있다
노란국화 질세라 짙은 화장 날리고
빨간 고추 잠자리떼 친구 되어 춤을 춘다

들꽃 잔치는 한창인데
강아지 풀 가녀린 몸짓으로
꽃씨 뿌리며 추억을 세어본다
가을 햇볕에 검붉은 단풍으로
사랑도 익어야지
추수 때를 기다리건만
말은 없이
싱긋 웃는 얼굴로 풀섶에 누워
바람 타고 올 낙엽만 기다리네

스러진 가을 해
산기슭에 묻혀

보고 싶은 너 호수만 하니
이 마음 밤하늘 되어도
북극성은 잠들지 않네

종이컵

사무실 한쪽 모퉁이 자리
순간순간 그리워하면서 지나쳐 간 사람
아무나 무심히 어루만지다 돌아선 아쉬움
자리에 연연치 않아도 외로워하지 않는다
사랑 감돌아 두 손에 감싸인 행복
목마름을 채워주던 가슴 뿌듯함
이별은 견디기 어려운 슬픔의 순간
무작정 던져 나뒹굴어져 잊혀질 거야
보람과 즐거움 뒤엔 허무한 사연

전생이 있었는지 알고 싶지 않다
무엇으로 다시 만날지도 모른다
지나온 길, 거쳐간 사람, 그리고 만날 것들
갈증을 채워주고 친구 되어주고
예쁜 나비 되어 꿈길 사랑만 간직할 거야

껌

진흙에 빠져버린 고무신 발
미끄러지고 자빠지고 온몸 진흙범벅
발버둥칠수록 떨어지지 않는 찐득이

사탕발림에 속아 단물 다 빨리고
삭아진 대로 구멍 뻥뻥 뚫린 허망함
질기지도 못하고 여려서도 못 사는 삶

멀랑거리던 몸뚱이 나풀거리며
기고만장 촐랑대던 단발머리 소녀
삭아버린 세월은 검불도 잇새에 낀다

떨쳐버리지 못하는 애잔한 인연
한쪽만 붙어 바람에 날리는 벽보처럼
질근질근 씹다가 마구 뱉어진 꿈은
발목을 잡고 진흙과 엉기어 산다

가난한 마음에
우물우물 입노름 속에 하루가 간다

열매

환하고 둥근 마음 보름달
높이 떠 그리움을 퍼트린다

진실로 생명의 원천
잠자는 자들의 첫 열매
빛의 열매는 모든 착함과 의로움과 진실함

허탄한 것을 보지 않게 하시고
숨은 꽃 지혜의 무화과나무
의인의 선물은 생명나무
너희로 가서 열매를 맺게 하리

옥토 아닌 메마른 가시밭길 감람나무
너희 열매가 항상 있게 하리
열매를 많이 맺으면 모든 사람의 평화
손에 쟁기를 잡고 앞으로 나가라

인내는 쓰다
포도나무 첫 열매 삼년을 기다리고

가지마다 주렁주렁 성령의 열매
달콤함이 모두에게 퍼질 수만 있다면

숨 쉬는 순간순간마다
내게 주시는 감당 못할 은혜
겨자씨만 한 믿음 가지고도
썩어진 밀알 될 수 있다면
새 생명의 보름달빛 가득 안으리

언덕 너머

저 너머 그리운 이 있다기에
새싹 보며 즐거움으로 달려가는 길
한 고개 넘으면 또 한 고개
멀기도 하다 저 언덕은

창밖을 두드리며 부르는 소리
소스라쳐 나가보니 폭풍이 오네
산천초목 푸르름 느끼고 있나

단풍나무 언덕에서 또 기다리네
행여 감 한 알 떨어지려나
이파리 하나 둘 시간을 날려보네

끝없이 뻗어간 하얀 고개
발자국 세며 뒤를 쫓아가려네
가는 길 감추려고 회오리 날려도
눈 감으면 훤히 보일 길

언덕 너머 그리운 이 내 마음 알까
가까워진다 저 언덕

^{수필} 꽃신을 신으며

　"우리는 할매가 되가 금방 죽어 없어져도 그림이랑 노래, 왜 그런거는 오래
오래 남을거 아이가, 민들레 홀씨 맨키로 약해보이도 그래도 그기 멀리멀리 날
아 안 가겠나… 우리를 오래오래 기억해 주소, 그래야 다시는 그런 일이 안 생
길거 아이오…."

　'역사마저 침묵한 슬픈 이야기' 라는 시작으로 뮤지컬 꽃신이 상영
되었다. 사람들은 신나는 재밌는 이야기에는 관객이 몰려도 우울한 일
에는 동참하고 싶어 하질 않는다. 특별한 친분이 있어야 인사차 형식상
예를 갖추는 정도인데 관람하고 보니 이건 바로 우리의 이야기였다. 전
쟁을 겪어 보지 않은 우리에게 어머니는 '전쟁이 나면 일을 당하는 건
노약자나 특히 여자들이 문제'라고 말씀하셨다. 헤아려 보니 어머니도
그 시절에 일본어 교육을 받았고 결혼을 했으니 다행이지만 위험했을
거라고 뮤지컬을 보며 상상해 본다.
　일제 강점기에 성적 희생을 강요당한 '위안부'를 소재로 하여 궁극
적으로는 현대 사회에서도 여전히 자행되고 있는 여성 인권 유린에 대
한 고찰을 그린 작품이다. 보기 전엔 뮤지컬이라면 '맘마미아' 같은 신
나는 아바의 음악과 함께 경쾌한 스토리는 아니라도 이런 것도 작품이
되나? 하고 생각했는데 보는 동안 안타깝다. 요즘처럼 어수선한 세계정

세에 과연 할머니들 소원처럼 다시는 그런 일이 안 생길지 모를 일이다. 나라를 잊고 민족성까지 해이해지면 전쟁이 아니어도 사회문제가 시끄러운 판이니 이런 뮤지컬 보며 각성해야 할 일이다.

더구나 동방예의지국이던 우리나라에서 유일하게 정조사상이 강조되었다 보니 다른 나라에서 이런 일들을 과연 우리만큼 심각하게 생각할지 의문이다. 최근 한국계 미국인이 이 소재의 소설을 써 베스트셀러가 되긴 했지만 이젠 다문화사회가 되니 우리 배달의 단일민족도 주장할 일이 없어졌고 요즘 세상이 이래서 일본도 자신들의 저지른 행동에 대한 죄를 더욱 인정하지 않는 것 같다. 여자들도 그런 사람 있긴 하지만 원래 남자들이 자신의 죄를 솔직히 인정하지 않고 호언장담하는 경향이 많다. 정치에서도 보면 단순히 아니다 그렇다를 남자답게 확실히 구분하여 인정하면 끝날 일도 그걸 무마하려고 구구한 사설과 변명으로 허세를 내세우며 피하려고 또 다른 일을 꾸미고 있으니 일은 점점 더 복잡해지고 만다.

내용은 무대가 한정되어 있으니 단순하다. 주인공은 나라 잃은 속에서도 평화롭게 소박한 생활을 하는 사람들이다. 일제의 장난으로 인권 유린된 속국의 서민들은 노예되어 그들의 계략에 힘없이 끌려 다녀야 한다.

시집가는 날, 축하로 가난한 신부의 아버지는 꽃신을 삼아 사위에게 주며 신겨주라고 했지만 때마침 나타난 병정들에게 행복한 모습이던 처자는 이름모를 곳으로 끌려가고 남자는 징병으로 끌려가야 한다. 그

곳에서의 생활을 무대에 다 올리기엔 부족하다. 정신이상자도 되고 인간이기를 포기해야 하는 생활 속에서 그래도 살아남는 것이 다행이었을까? 작품 속에선 일본인이면서 일본군의 잔인한 형태를 환멸하는 여군이 등장하는데 그 시절에 그런 사람이 있긴 했을까? 요즘 한일간 문제에 일본인이면서 우리나라 입장을 주장하는 사람도 있는 걸 보면 얼마 정도 속은 알 수 없어도 그런 사람 있을 것 같다.

해방이 되어 아버지는 간직했던 꽃신을 사위에게 전해주고 이 세상을 떠나고 신부를 우연찮게 만났지만 이미 엎질러진 물- 시대를 잘못 만난 걸 어찌해야 하는가.

「나흘 전 또 한명의 '꽃신' 주인이 세상을 떠났다. 눈을 감기 전 마지막 순간, 떠올린 그림은 무엇이었을까, 젓내 나는 따스한 엄마 품에 안긴 어린 시절이었을까, 꽃신 신고 동무들과 들로 냇가로 소풍 가던 소녀 시절이었을까, 정말 그랬다면 좋겠다. 90세된 그 분이 돌아가시면서 정부에 등록된 위안부 피해자 중 생존자는 55명으로 줄었다. "일본군이 문 밖에 와 있어…" 10여 년 전부터 그 할머니의 양아들로 지내며 돌봐온 구청의 한 사회복지과 직원은 할머니가 밤 늦게까지 잠들지 못하시다가 전화를 걸어와 이렇게 말하셨다. 고 한다. 귀신을 만나도 두렵지 않을 아흔이 된 할머니가 가장 무서워한 것은 악몽 같은 위안부 시절 일이다. 85세 이상의 할머니들은 현장에 나와 고마워했고 눈물을 흘렸다. 제작진이 강조한 말은 "이번 작품을 생계로 삼으면 안된다."는 것이어서 제작과 스탭, 출연자들은 재능기부 형식으로 작품에 참여했다고 한다.」

이상은 언론 보도된 오피니언 여 기자의 기사이다

역사마저 침묵한 아픈 이야기를 애절한 음악과 탄탄한 스토리로 꾸며져 끝나고 쉽게 자리를 뜰 수가 없었다. 뮤지컬을 보며 부모님과 형제들의 상황을 생각해 보니 새삼 가슴이 아프다. 꽃신의 주인공은 피했지만 부모님처럼 일제시대에 공부한 8, 90대 할머니들은 일본을 가면 언어가 통하니 좋아하신다. 불행인지 다행인지 그 덕에 외국어 하나를 쉽게 배울 수 있었다. 해방 후에는 외국 선교사들 덕에 영어도 쉽게 배워 통역하던 사람도 많다. 그 덕에 어르신들은 잘 된 사람도 있고 나락까지 떨어진 사람도 있고 극과 극의 차이 나는 생활이고 이조말엽을 지나면서부터 나라와 함께 70년대까지 역사적 사건을 고루 겪었다. 50년대 6.25사변의 큰오빠들은 고교 졸업생이나 납치당하고 남은 언니는 중학생 오빠도 피난살이를 하느라 학교생활은 늦어진 채 애를 먹었다. 70년대에 와서야 그래도 조금 잘 살게 되지 않았나

이 작품은 결코 간과할 수 없는 가슴 아픈 우리 역사를 바탕으로 한 탄탄한 드라마와 깊이 있는 작품세계를 통해 현대의 여성인권과 아동인권에 대한 메시지를 전한다. 이 시대에도 이 못지않은 공개되지 않는 일이 많다. 우리 역사에 대한 바른 시선과 지금도 자행되고 있는 여성인권과 아동인권 유린에 대해 의문을 던져 줄 작품이다. 지금도 일본 정부는 일본군 위안부의 존재를 인정하지 않고 있으며 오히려 '자발적으로 참가했다'고 억지 주장을 펼치고 책임을 회피하려고 하니 어찌 보면 그런 형편이 더 일본을 우쭐하게 만드는 속상한 일이기도 하다. 사상은

다르나 같은 민족 간에도 타국에 의해 양분되어 말 그대로 휴전인 채 내분 아닌 내분이 계속되고 있다. 내분하여 퇴진하는 다른 나라들과 다를 것이 무엇인가, 강 건너 불구경하고 굿이나 보고 떡이나 먹자는 심리들, 그러니 일본이 더 사이를 갈라놓고 싶어하지 않는가, 자신들도 엉뚱한 선전물 띄워 신호를 보내면서 억지쓰고 말 안 통하는 성급한 사람들과도 일단 휴식을 가져보는 건 어떨까? 우리나라는 왜 이리도 난감한 형편에 처해야 하는지 영원히 풀리지 못하는 실타래인가? 우리만이라도 하나되어 집중하여 정성 들인 꽃신 신고 저 넓은 세상 향해 펄쩍 뛰어보기라도 하면 좋겠다.

수필 마음의 안식처

　월요일 아침이다. 늘상하는 일, 아침먹고 출근하던 그나마 없어지니 오늘은 무얼할까? 한 주일을 시작하는 월요일은 직장인들에게 월요병이라 할 만큼 힘든 한주일의 시작이다. 일주일 단위 일요일을 충분히 쉬지 못하거나 분주한 모습으로 지나면 월요일은 당연히 피곤한 시작이다. 하루가 구분되어 나뉘듯 한 주일이 나뉘어 다행이지 그대로 연속되는 한 달이라면 어떨까? 그 개념이 없다면 생활은 더 피곤할 수 있겠다. 네 번으로 나뉘어진 한 달도 휴일 없이 계속하면 사는 것이 이런건가? 생각이 든다.

　정해진 일 없이 하루시작하면 규칙적인 일 아니라도 하루가 바쁘다. 피곤한 대로 자리에 들면 다음날 아침, 계획은 없는데 하루가 가고 계획 있는 한주일은 더없이 빨리 지나간다.

　한 달의 두주일이 지나면 직장인들은 급여를 받고 노래처럼 가불하는 재미로 출근하고 수준에 관계없이 월급 날은 즐겁기는 하다. 어느새 우체통엔 여기저기 고지서가 날아오기 시작하고 한 달도 지나간다. 어느 달은 결혼식은 날자를 정해 통고되지만 대소사가 한꺼번에 겹쳐질 때도 있고 예상치 않던 행사 초대도 만만치 않다. 계절도 네 번으로 나뉘어 행사도 계절에 맞게 각양각색 한 달도 길지 않다. 나뉘어져서 그런지 일년 12달도 길지 않다.

'가장 중요한 날은 오늘입니다.' 잘 아는 말이지만 그리 생각하지 않고 지나게 한다. 오늘 하루를 무얼할지 걱정할 필요가 없는데 뚜렷한 일이 없는 한 오늘은 무얼할까, 막연히 생각한다. 백수가 과로사한다는 말, 오라는 데는 없어도 갈 데는 많다는 말, 다 맞는 말이라 빙긋이 웃는다. 요즘엔 거리공연도 많고 전시회도 특별한 곳 아니면 개방이 되어 있어 문화생활하기도 편하다. 나와 상관관계가 없는 곳은 가지 않으려는 습성 때문에 다소 주춤하지만 이만큼 살다보니 그런 것도 익숙해졌다. 내게 제한된 영역만을 고집하지 않으니 조금은 여유를 가지게 되나보다. 얼굴 모습도 40이후면 자신이 책임져야 한다는 것, 조금씩 둥글어져 모두가 두루뭉실해져 보이는 것, 이제는 매사를 따지지도 묻지도 않기로 했다.

꽃그림을 그리다 보니 예전에도 느낀 일이긴 하지만 길가에 작은 풀꽃도 소홀히 하게 되지 않는다. 저마다의 생활수단으로 하나도 같은 모양이 아닌 오묘한 꽃잎을 보이며 누가 관심가져 주지 않아도 오롯이 자기자리를 지키고 있다. 한해 아니 한 계절 잠시 피는 민들레도 수명이 다 할때까지 끊임없이 하얀 수염의 꽃씨를 날리고 있다. 어쩌다 눈에 띈 길가 하필이면 아스팔트 틈새에 뿌리내린 아슬아슬 파란 잎새의 작은 나무도 지나가는 무심한 발길에도 아랑곳하지 않고 오뚜기처럼 생명을 이어가고 있다. 아마도 조금 떨어진 곳에 있는 저 굳건한 느티나무의 뿌리가 어쩌다 비친 햇살을 따라 새 생명을 내보이나 보다. 할 수만 있다면 파내어 옮겨보고도 싶은데 그 생명이 언제까지 지탱할 수 있을지 지켜봐야겠다.

　자식들도 품안에 자식일 때가 제일 편안하고 쉬울 수 있듯 주위의 사람들이 하나 둘 떠나 그곳이 그들의 안식처라면 불러도 소용없고 나무처럼 걷고 있는 그 길이 그의 길이라면 옆에서 보아주고 그저 응원만 할 수밖에 도리가 없다. 점점 세대차이가 나서 진심으로 마음을 열어 관심가지려 해도 도리어 잔소리로 반응이 오니 길가의 무심한 풀포기만큼도 내게 미소를 보이지 않는다. 때로는 같이 걷는 길이 도움이 될 수도 있건만 이제 도움은 어쩌면 물질적인 것으로 바뀌어 가는 형상이다. 진정한 마음의 안식처가 변해 버린 것 같기도 하다. 예전에 마음의 안식처는 고향이었는데 고향이 없는 사람들은 부모님이 계신 곳이었고 지금 젊은이들은 어디인지 구분이 안된다. 그래도 이만큼 나이가 되면 가족이 있는 곳이 마음의 안식처라는 걸 알 수 있을지…

　　하루를 방황하다가 다시 꽃밭에 선다.
　　팍팍한 아스팔트 인생길에서
　　아무렇게나 자란 풀꽃이 내게 물었다
　　돌보아 주는 사람도 없고 지켜보아 주는 사람이 없어도
　　이렇게 새로운 의미로 다가서본 적이 있냐고
　　이렇게 신선한 충격으로 가슴을 뛰게 해 본 적이 있냐고
　　비집고 타고난 자리를 탓하지 않고
　　철따라 씨앗을 맺고 나서

한줌 흙으로 돌아가는 삶을 살아본 적이 있냐고
한줌 흙으로 돌아가는 삶을 살아본 적이 있냐고
작은 풀꽃이 내게 물었다.

　　　　　-박형동의 「작은 풀꽃이 내게 물었다」

수필 빛과 어둠 사이

성당의 종소리처럼 은은히 시작을 알리면 사람들이 자리를 잡는다.

주위는 어두워 지고 한줄기 빛이 무대 위에 거미줄처럼 스며든다.

소근 대던 관객들도 시선을 한 곳으로 모은다.

감미로운 오르간 소리가 들리며 날개 옷을 펼쳐낸 듯

드레스의 뒷모습을 보이며 연주하는 여인이 비쳐진다.

서곡을 연주하는 여인은 넓은 무대를 압도하며 음률 따라 물결친다.

쌍쌍의 백조처럼 파이프오르간 날개를 달고 무대 스크린에 떠오른다.

파이프 오르간 연주하는 독주 무대는 그리 많은 인원이 필요치 않다.

해골이 야심한 밤을 알리는 듯한 딱딱 거리는 소리가 듣는 이의 귀를 자극시킨다. 피아니스트일뿐 아니라 작가이자 화가였으며 자연과학을 비롯한 여러 분야에도 많은 지식을 가지고 있고 즉흥연주의 대가 카미유 생상스, 프랑스 작곡가 카미유 생상스는 뛰어난 재능을 가진 모차르트와는 비교되는 유년시절을 보냈다. 이후 1853~1877년 마들렌 교회의 오르간 연주자로 근무하면서, 즉흥연주의 대가로 이름을 떨치게 되었다. 1871년 유지들과 파리에서 '국민음악협회'를 결성하고 프랑스음악계에 교향악운동을 강력히 추진하였다. 1852년과 1864년에 로마대상에 낙선하면서 작곡가로써 주목을 못 받다가, 국민음악협회, C.라무뢰

김현찬 ——— 131

등의 오케스트라의 활동이 활발해지면서 작곡가로써의 명성이 높아지게 되었다.

낭만주의로 가득했던 19세기 유럽-19세기에는 유럽에서 유행한 낭만주의로 인해 예술 장르는 르네상스 이후 가장 폭발적으로 번성하게 되었다. 낭만주의 열풍으로 인해 음악 분야도 가장 중요한 예술장르가 되었고, 이전 시대 형식에서 벗어나 새로운 음악장르인 교향시를 탄생시켰다.

교향시는 표제음악적 성격을 띠면서도 시적인 상상력을 요구하는 장르이며, 작곡가 리스트에 의해 교향시는 완전한 새로운 형식으로 굳혀지게 된다. 낭만주의의 유행으로 인해 죽음이라는 개념은 새로운 모티브로 떠올랐다. 생상스의 죽음의 무도도 역시 19세기 낭만주의 음악 정신을 대변하고 있다.

죽음의 무도의 모토는 앙리 카자리스의 시로 서양 중세시대부터 있어왔던 아주 뿌리깊은 예술적 주제로 문학이나 음악, 그림에도 다양하게 등장했다. 죽음의 무도의 개념은 13세기 말에서 14세기 초에 등장한 시에서 비롯되었고, 예술을 통해 죽음 앞에서는 모든 사람이 평등하다는 것을 보여주었다.

죽음의 무도가 급속도로 퍼진 시기는 14세기이다. 유럽 사람들을 공포로 몰아넣은 흑사병과 프랑스와 영국의 백년 전쟁의 참화가 유럽 사람들이 죽음에 대한 두려움을 가지는데 일조하였다. 이후 19세기 죽음의 무도는 카미유 생상스에 의해 음악으로 탄생하게 된다. 생상스는 앙리 카자리스의 시에 바탕을 두고 곡으로 만들었다.

죽음이 발뒤꿈치로 묘석을 두드려 / 박자를 잡으면서 / 낡아빠진 바이올린으로 무도곡을 켠다./ 고목 가지에 찬바람이 / 휘몰아치던 어두운 밤/

신음소리는 보리수 아래로부터 / 점점 크게 들리고/ 깡마른 해골이 어둠 속에서 춤을 춘다./ 뼈와 뼈가 부딪치는 소리 / 음산하게 들려온다.

언뜻 닭 울음소리 / 새벽을 알리면 / 해골들은 춤을 일제히 멈추고 / 허둥거리며 도망쳐 버린다.

- 시 「죽음의 무도」 앙리 카잘리스

생상스는 새벽을 알리는 닭의 울음소리로 산산이 흩어져가는 해골들이 깊은 밤 시간 동안 벌이는 광란의 춤을 경쾌하면서도 공포 스러운 소리로 그려냈다. 죽음의 무도를 처음 만들었을 당시는 노래였지만 생상스가 피아노 반주와 성악을 위해 작곡한 가곡에서 착상을 얻어 오케스트라 곡으로 재탄생 되었다. 후에, 죽음의 무도는 작곡가 리스트에 의해 피아노 곡으로 만들어지게 된다. 죽음의 무도 도입부에 등장하는 하프의 스타카토는 듣는 이를 긴장시키게 만든다. 이후 등장하는 바이올린 독주(죽음의 악마를 상징)를 중심으로 분위기를 더욱더 고조시킨다. 첫 번째 주제는 스페인풍의 리듬으로 악마들의 짓궂은 분위기를 묘사하고 있다. 두 번째 주제는 명상적이고 반음계적 우수를 띠며 하강하는 선율로 밤의 고요함을 암시한다. 왈츠의 분위기는 점점 열기를 솟구치게 만들고 변주를 거치며 푸가로 확대, 발전시켜나간다. 광란의 축제가 한참 무르익을 무렵, 수탉의 울음소리를 묘사한 오보에의 스타카토가 등장하면서 죽음의 무도는 황급히 끝을 맺는다.

음산하게 시작하는 생상스의 죽음의 무도, 바이올린의 등장과 함께 듣는 이를 기묘한 세계로 데리고 가는 장면을 상상하게 만든다. 아름다운 선율이 기괴한 분위기의 음악을 만들어내는 것이 짓궂은 장난 같기도 하다. 미로 속을 헤메는 것처럼 듣는 이의 마음을 들었다 놓았다 하는 죽음의 무도, 겨울이 가까운 만추의 비 내리는 오후, 김연아의 솔로 스케이팅 곡으로 잘 알려진 카미유 생상스의 '죽음의 무도' 속 빛과 어둠 사이에 오늘의 기분을 맡겨 둔다.

경용현

중천에 뜨는 해보다 석양에 지는 해가
더 뜨거울지 모른다. 석양 노을이 시제가 되어
아름다운 가을
단풍이 곱게 물들어 가는 황혼의 수필을
한 알의 밀알처럼
통통히 익혀 갈 것이다.

시 | POEM

봄   눈
호수의 꿈   빛과 어둠 사이
에덴의 동산   담쟁이의 길
대합실   깨진 그릇
언덕   종이컵
꿈이었나

수필 | ESSAY

가을

작가 소개

충북괴산출생
백석대학신학과대학원졸업
금촌중앙성결교회명예목사, 신시문학회회원

봄

봄의 시작이다
앙상한 가지에서
움터오는
새순의 숨결

몽실몽실 부풀어 오르고
터질 듯 피어나려는
안간힘의 절정이
안쓰럽기만 하다

신음소리
살래살래 봄바람도
살며시 다가온 벌들도
속삭이듯 기다린다

피어나는 꽃향기
그윽히
황홀한 꽃들의 향연을
마음껏 열어라

호수의 꿈

천둥 번개가
벼락 치듯 산등성을 울린다
폭풍의 물벼락이

순식간 작은 호수가
홍수로 변한다

한바탕 세찬 바람에
지칠 대로 지친
능수버들 고목은 초연히
늘어진 가지들을
정리한다

늦은 듯 달려 나온 노인은
낚시를 거두고 노 저어 가며
쳐놓은 그물을 끌어 올린다
"큰놈이다"
그물 같은 주름진 얼굴이 금세
석양 노을에 밝게 빛난다

에덴의 동산

먼 옛날 나신의 하와
육체의 소욕만 채우려는 자유의 옷
보암직한 아름다운 부귀의 옷
바벨탑을 쌓으려는 권력의 옷

입고 입고 또 입어도
왜 이렇게 춥고
아프고 떨리는가

오! 주님
벗겨 주소서

방종으로 더럽혀진 자유의 옷
탐욕으로 물들인 부귀의 옷
교만으로 수 놓은 명예의 옷
아집과 분열로 찢겨진 권력의 옷
세월의 옷자락에 낡고 해어진 마음의 옷

원죄의 속옷까지도

벗고 벗어도
당신의 손길은
이렇게 따뜻하고
포근한지요

에덴의 동산
가야 할 곳
사모하는 그곳

대합실

이별의 만남이
그리움에 젖어
기쁨과 슬픔의 눈물들이
인생을 깨운다

가야 할 사람은 가고
기다릴 사람은 기다리고
가고 오는 인생을 누가 막으랴
삶의 타고난 길인 것을

서산에 지는 해 짚어보며
기약 없는 발길을

겨울이 지나
봄소식에 돌아오겠지

언덕

인생의 길이 끝났다고
절망의 나락에
서있을 때
어두운 언덕길을 걸어보라

한 걸음 한 걸음 헤집다 보면
별은 더욱 찬란히 눈을 뜨고
지구 위에 실핏줄처럼
움직일 것이니

나는 누구인가
찾을 길 없는 길이
현실의 칼날 위에서
겹겹이 쳐진 그물의 언덕이지

꿈이었나

힘들었는가
아내의 불안한 코고는 소리
숨이 넘어 갈 듯 요동을 친다

풍랑 바다에 헤엄을 치나
험한 산을 넘고 넘나
무거운 짐을 지고 가나

내 탓일 거야
나는 어쩌나

여보! 내가 있잖아
내 손 잡아

교회 새벽 종소리
주위를 흔든다

나 코 골았어
아니 춤을 추더라

눈

온 세상이 눈 세상이다

눈에는
눈도 있나

고 지대는 비켜가고
낮은 가난한 집들
농장 가축장들은 죽은 듯이
폭탄을 맞았다

나는 새들도 허공을 치듯
전선줄에 곤두박질
눈 속에 파묻힌다.

눈밭을 헤쳐 나온 노인

쏟아지는 눈을 보며 손을 휘젓는다.
어쩌시려고…

빛과 어둠 사이

낮의 빛 속에 꽃을 피우네
제 몸에 꽃술이 고요히
그림자처럼 피어오르고

숨어 있듯
살며시 다가오는
어둠의 벽이
만물을 잠들게 하고

빛과 어둠 사이
새벽 닭 우네

담쟁이의 길

연약한 줄기에
힘을 나누고
뜨거운 붉은 벽에
석양빛 늘어지네

절벽의 위기
틈새 잠시
스며든다
담쟁이는 알겠지
어떻게 흘러 왔는지

홀로
여린 잎
하나, 둘
힘없이 떨어지며, 부서지고
물방울 튄다.

깨진 그릇

천국 가는 길은 아득한데
지옥은 등 뒤에 기다린다
지옥도 천국도 아닌 별나라로
여행을 떠나자

뜨거운 태양과 시원한 빗줄기
푸른 매실밭 그에겐
잔인한 5월이었다

운명의 순간 스쿠알렌 한병
육포 2봉지
수많은 구원파 호위병들도
하나님보다 더 굳게 믿었던
20억 돈바가지도 다 깨어지고
그를 지켜주지 못했다

우리 모두
죽음 뒤에 부패된 육신의 백골을
보고 듣고 알면서도

탐욕의 바가지를 주렁주렁 차고

달리고 있지 않은가

종이컵

지나가는 한잔의
종이컵이 아니다

가슴속 뼛속으로 흐르는
그대와 나
시의 두터운 정이
입술을 적신다

갈수록 꽃이 되는
흐르는 차 한 잔의
시간들이
보석이 되어

은하가 되고
별이 되어
신시문학 언어 집을 짓는다

수필 가을

올 여름도 무척 더웠지만 짧게 느껴진다. 입추立秋 말복이 지나면서 순식간 변해가는 체온을 실감할 수가 있다 아침이면 자신도 모르게 서늘한 느낌이 든다. 아내가 새벽기도를 다녀와서 하는 말이다 "그렇게 덥더니 금방 싸늘하네요." 가을이 오고 있다는 증거다. 교회를 개척 건축하고 바로 심은 나무가 3그루였는데 소나무 단풍나무 담장이이었다. 아침 저녁 물주며 정성을 다했다.

잘 자랐다. 성도를 사랑하고 보살피듯 혹시나 지나가는 짐승들에게 다칠까봐 지나칠 정도로 신경을 썼다. 담임목회 20년의 가을을 보내면서 떨어지는 낙엽이 얼마나 많은가. 교회가 큰길 옆 중심에 있기 때문에 비바람이 불어 떨어지는 낙엽을 제때 쓸지 않으면 주위의 원성은 말할 수가 없다.

나무마다 제각각 품성들이 다르고 잎사귀의 모양 크기도 다양하다. 가을이 되어 낙엽으로 우수수 떨어질 때는 감당하기 어렵다. 하루에도 몇 번 쓸거나 태풍이 오면 대기 상태가 되어도 떨어지는 낙엽을 원망해 본 적 없다. 감사했으면 감사했지 즐거워했다. 내가 심은 나무가 잎이 돋아나고 때 되어 떨어지는 낙엽 당연한 일이 아닌가. 이제 가을이 깊어지면 낙엽은 소리 없이 떨어지겠지, 우울해지고 울컥 눈물이 난다. 엄동설한 추운 겨울 새 생명을 돋아 올리기 위하여 거름이 되겠지.

김교숙

나의 지나온 시간들을 궁금해 하는 사람도 혹
시 있지 않을까?
혼자서 긁적거려 봅니다.

작가 소개

경북봉화 출생
신사문학회회원

깨진 그릇

찬장 구석 오래된 깨진 그릇
해외 출장 갔던 남편의 지문이 스며 있다
너무 예뻐 간직한 그릇
파아란 꽃무늬 감싸 안고 있는 둥근 접시
어쩌다가 언제 깨진지도 몰랐다
실금으로 벌어진 상처, 그러나 여전히 예쁘다
홀로 찬장 구석 한 쪽에 앉아
외로움 견디느라 얼마나 아팠을지
따뜻한 햇살은 얼마나 그리웠을까

^{수필} 빛과 어둠 사이

캄캄한 어머니 배 속의 어둠 속에서 열 달을 지내고 세상에 태어날 때 인간은 비로소 처음 빛을 만나게 된다. 눈이 부시어 제대로 눈도 못 뜬 채 빛을 맞이한다. 그리고 아기는 매일 밤의 어두움 속에서 잠자면서 자라고 아침이 되면 빛을 보고 움직이면서 세상을 배운다. 어두움은 진하고 깊을수록 빛은 더욱 강해지고 광채를 발하면서 화려함을 뽐내기도 한다. 반대로 대낮의 태양 아래서는 별빛과 달빛의 존재가 미미해지고 잘 안보이게 되는 것은 역시 어두움의 존재가 있어야만 빛은 더욱 광채를 발산 할 수가 있다는 것을 배운다.

세상에는 양지와 음지가 있다. 살다보면 우리는 양지에서만 있을 수 없고 양지와 음지를 왔다 갔다 하며 생을 보내게 된다. 어느 정치가가 말하기를 밤이 깊으면 새벽의 여명은 멀지 않았다고 했다. 겨울이 깊으면 봄이 곧 찾아오듯이 인내를 가지고 어려움을 참고 가자는 뜻일 것이다. 그래서 나는 양지에 있을 때 항상 음지에서 나의 양지를 빛나게 해 주는 많은 사람들을 생각하게 된다. 음지에서 고생했던 모두가 양지로 나와서 함께 빛을 쏘일 수 있도록 했으면 좋겠다. 그러므로 그들의 고마움을 보상해 줄 수 있었으면 한다.

어떤 사람들은 새벽 기도 갔다가 훤하게 동이 트면 집으로 가는 시간이 된다. 수산 시장에서는 한창 어물의 경매가 밤에 시작되고 새벽이면 끝난다. 시끌벅적한 시간이다. 이렇게 우리는 빛과 어두움의 사이에서 저마다 여러 가지로 삶을 살아가고 있다. 이렇듯 우리는 어머니 배 속에서 어두움을 경험하고 어두움과 빛 속에서 지내다가 결국은 어두운 땅 속으로 들어가게 되고 또 다시 영혼은 빛 속으로 올라가는 것이 우리들의 인생이 아닌가? 싶다.

수필 첫 미국여행기

1990년 큰 아이가 중2 둘째가 초등학교 5학년 여름 방학이 시작되었다. 나와 아이들과 함께 셋이서만 미국으로 여행을 하기로 했다. 시아버지께서 비행기 왕복 티켓을 선물로 주신 것이다. 시아버지는 88년 겨울 크리스마스에 쓰러지시고 말았다. 당시 시어머니는 심장병, 고혈압, 당뇨병을 앓고 계셨던 터라 그 자리에서 운명을 하시고 말았다. 생전에 두 분께서는 미국에 살고 있는 딸네 집으로 몇 번 여행을 하셨기에 그곳에 대한 아련한 추억들이 많이 남아 있었을 것이다. 항상 조용하시고 무척이나 감성적인 시아버지는 이런 기억들을 저희들과 함께 여행을 하시고 싶으셨던 것 같았다. 언제나 늘 어머님을 그리워하셨고 홀로 눈물도 훔치셨다.

나는 두 아들과 아주 들뜬 기분으로 미국행 비행기에 몸을 싣고 하늘을 날고 있었다. 외국 여행이 처음이라 그런지 모든 게 낯설고 마음이 설레었다. 특히 아이들이 좋아하는 모습을 보니 나도 절로 신이 났다. 우리들의 여행계획은 우선 첫 번째가 피츠버그에 살고 있는 큰 시누이 댁에서 일주일, 두 번째가 뉴욕에 있는 작은 시누이 댁에서 일주일, 세 번째가 맨하탄에 있는 나의 셋째 여동생집, 마지막이 워싱턴에 살고 있는 넷째 여동생네 집이다. 이렇게 네 곳을 일주일씩 계획을 세웠다. 비행기가 중간 기점 앵커리지에서 잠시 쉬는 동안 우리 셋은 우동을 사먹고 울산에 혼자 남아 있는 남편한테 엽서를 보냈다. 지금 앵커리지에 와 있다고 잘 계시라는 등 짧은 안부였다. 드디어 캐네디 공항에 도착했다. 입국 심사를 통과해야 한다. 나는 속으로 걱정이 되었다. 어떻게 대답을 해야하는지? 그때에는 모든 게 낯설고 생전 처음 해보는 해외 여행이라 그저 두려움뿐이었다. 왜 그렇게 영어가 어려웠는지 직원이 묻는 말을 통 알아들을 수가 없었다. 지금 같아서는 조금은 알아들을 텐데 우리 셋을 보고 먼저 씩 웃는다. 나도 따라 웃었다. FAMILY? 이 말만 귀에 들렸다. 잠시 후 친절하게도 손으로 가리키면서 저쪽으로 나가라고 안내를 해주셨다.

공항 밖으로 나오니 둘째 시누이가 우리를 반겨주신다. 정말 반가웠다. "언니 똑똑하네 아들과 미국도 잘 오고" "아유 고모 혼났어요." 우리는 작은 고모네 댁에 도착했다. 작은 고모부님 그리고 우리와 똑같이 고모네 댁에도 아들이 둘이었다. 큰 아이는 규진 둘째는 규식 아주 씩씩하고 잘생긴 초등학생들이었다. 처음 보는 고모부님 모습은 마치 미국 사람을 연상케 하듯 키가 크고 잘 생겼으며 예의가 바르셔서 나는 매사에 조심이 되었다. 한국말도 잘 하시지 않은 것 같았다. 고모네 아이들이 밤에 잘 때는 인사도 안 하고 이층 방으로 올라가니까 다시 내려와서 인사를 하라고 말씀하셨다. 정말 미안한 맘이 들었다. 그저 편하게 지내고 싶은데 속으로는 불편한 마음이 생겼다.

이튿날 우리 세 식구는 피츠버그로 가야 한다. 큰 시누이 댁으로 가서 지내는 첫 번째 여행이 시작되는 것이다. 그날 저녁 5시쯤 뉴욕에서 피츠버그로 가는 비행기를 탔다. 이것도 작은 고모가 우리 셋을 공항 안에 비행기 타는 곳까지 배웅을 해줬다. (미국 공항은 우리나라와 조금 달랐다 그 당시에는) 그런데 출발해야 할 비행기가 뜨지를 않는다. 영문을 모르는 채 마냥 기다렸다. 스튜어디스가 승객들한테 담요를 갖다준다. 나에게는 주질 않는다. 한참 고민 후에 지나가는 스튜어디스를 툭 쳐서 옆에 앉아 있는 외국인의 담요를 가리키면서 '기브 미 디스'했다. 얼른 옆의 외국인이 자기 것을 나에게 준다. '아니에요 미안합니다.' 이러는 동안에 승무원은 담요 석 장을 내게 갖다 주었다. 지금 생각하니 웃음이 절로 나온다. 약 5시간 비행기 안에서 꼼짝없이 갇혀 있었다. 안내 방송이 간간이 흘러나온다. 하지만 말을 알아들을 수가 있어야지 정말 답답했다. 온통 둘레에는 외국인이었으니까 안되겠다 싶어 일어서서 통로를 찾아다녔다. 혹시 한국 사람이라도 보일까 싶어서 반갑게 찾았는데 물어봤다. 한국인이었다. '이 비행기가 왜 안 뜨나요?' '글쎄요 나도 잘 모르겠는데요.' 말끔하게 생긴 분이라 영어는 잘할 줄 알았는데 자기나 나나 마찬가지구나 싶었다. 또 한번 영어의 필요성을 절실히 느꼈다. 알고 보니 그날 케네디 공항 활주로에는 천둥 번개 소나기가 퍼붓고 있었단다. 비가 멈출 때까지 승객들은 조용히도 기다려 준다. 밤 11시가 넘어서야 출발한다고 안내 방송이 나오니 사람들이 막 박수를 친다. 우리나라 사람들과 비교가 된다. 우리 아이들도 덩달아 박수를 치고 있다. 기다리고 기다리던 출발이다.

새벽 1시경 피츠버그 공항에 도착하여 밖을 나와보니 큰 고모네 식구들 모두가 우리를 반가이 맞아 주신다. 시아버지도 거기에 와 계셨다. 걱정을 많이 하셨던지 얼굴이 수척해 보이셨다. "국제 미아가 되는 줄 알았어요." 큰 고모의 말이었다. 고모네 집은 피츠버그 시내에서 떨어져 있는 시골스런 동네 느낌이 들었다. 집들은 띄엄띄엄 한 채씩 보였다. 너무나 조용하고 동네가 정말 아담하고 전원적인 풍경들이 나의 마음에 쏙 들었다. 나는 이런 곳이 좋다. 어릴 적 시골에서 자라서인지 꼭 고향에 온 기분이었다. 동네 사람들이라고는 보이질 않는다. 밤이 되면 저 건너 불빛을 보고서야 아! 사람이 살고 있구나 착각할 정도이다. 그날 밤 고모네는 우리가 묵을 방을 하나 마련해 주었는데 그 방은 지붕 맨 꼭대기 바로 밑에 있는 조그마한 다락방이었다. 이층으로 올라가서 다시 조그마한 사다리를 타고 올라가면 서지도 못하고 반은 엎드려서 들어가야만 했던 방이었다. 속으로는 정말 실망이었다. 집도 꽤나 큰 이층집이었는데 방 안에는 달랑 창문이 하나 있었지만 통 움직이질 않는다. 너무 더워서 잠을 설쳤다. 이튿날 얘기했더니 아이들 고모부께서 열어주셨다. 속으로는 정말 기분이 안 좋았다. 그래도 표현은 못하고 아침에 일어나면 그분들께 "안녕히 주무셨어요?"하고 인사를 해야 했다. 나의 속마음을 그분들은 아는지 모르는지? 미국 집들은 식구들이 신발을 신고서 온 집안을 두루 다닌다. 저벅저벅 세상에 이럴 수가 난 의아했다. 아이구 먼지 흙 지저분할 텐데 참 문화가 달라도 한참 다르구나 생각했다.

피츠버그 고모 댁에서 따분하게 하루하루 며칠이 지나갔다. 이곳까지 왔는데 집에서 갇혀 있으니 밖을 나가고 싶어도 너무 조용한 마을이라 움직일 수가 없었다. 우리는 그저 밥 먹고 따분하게 생활했다. 시간이 아까웠다. 고모부께선 아침에 출근하시고 고모는 세탁소 일을 하신다고 나가면 오후 4시쯤 집에 오신다. 그동안 나는 아이들과 시아버지와 함께 보내고 있다. 정말 지루하고 답답했다. 그렇게 며칠이 지나서야 아이들 고모부가 휴가를 내셨다고 내일은 캐나다 나이아가라 폭포를 간다고 하신다. 휴! 이제 드디어 여행을 가는가 보다. 이튿날 일찍이 퇴근하시고는 온 집안을 저벅저벅 왔다갔다 하시며 하는 말씀 "깨스가 많이 올랐어요." 아 미국에서는 자동차 기름을 가스라 말하는구나 알게 되었다. 마침 그때 중동 사태가 터지고 오일 쇼크가 전 세계적으로 닥친 것이다. 하지만 난 속으로는 그런 데 관심이 없었다. 오직 나이아가라 폭포 생각뿐이다.

이튿날 고모네 식구 5명 아버님 우리 식구 3명 모두가 큰 차를 타고 고모부께서 운전하시고 캐나다로 출발했다. 차 안은 아이들이 떠들고 노느라 정신이 없었다. 대여섯 시간 후에 목적지에 도착했다. 미국에서 바라보는 나이아가라 폭포는 정말 대단했다. 아! 장관이다 이 지구상에 이런 데가 있다니 감탄이 절로 나온다. 문득 울산에 있는 남편이 떠오른다. 함께 이 광경을 봤으면 얼마나 좋을까 아쉬워했다. 폭포는 미국 측에서 보는 것과 캐나다로 건너가서 바라보는 폭포 두 가지 형태이다. 동쪽이 미국 폭포이고 서쪽이 캐나다 폭포이다. 사람들이 캐나다 폭포가 더 멋있다고 한다. 아무튼 이곳저곳 가릴 것 없이 모두가 한 폭의 그림이었다. 잠시 후 우리 모두는 폭포 매표소 앞에 도착했다. 배를 타고 레인코

트를 입고 폭포 바로 밑에까지 들어가는 관광이었다. 먼저 큰 고모가 한 마디 한다. "언니 우리 식구들은 몇 번 와봤으니까 언니하고 민수 성수랑 구경하고 오면 안돼?" "예? 우리만요?" "고모 같이 가세요 나 혼자는 싫은데, 갈 줄도 모르고 말도 할 줄 모르는데…." 할 수 없이 혼자서 매표소 입구까지 걸어갔다. ADULT 몇 불 CHILDREN 몇 불 적혀 있다. 아 어덜트는 어른을 얘기하는구나 그래서 그 단어는 지금까지 잊혀지질 않는다. 참으로 재미있는 경험이었다. 나는 고모네와 우리 식구들 표를 샀다. 우의를 입고 배를 타고 안으로 깊숙이 폭포까지 가까이 다가가는데 정말 스릴이 넘치고 탄성이 나왔다. 마치 거대한 바다에 빨려 들어가는 기분이었다.

우리는 그날 토론토 시내에 있는 유스호스텔에서 일박을 했다. 저녁에 TV를 보는 도중 나이아가라 폭포가 나왔다. 빨간 옷을 입은 여인이 공중에서 뛰어내리는 장면이다. "엄마 저 여자 지금 뭐하는 거야?" 막내아들이 묻는다. "응 공중에서 훈련하나봐." 나는 대수롭지 않다는 듯이 대답하고 그날 밤을 잤다. 이튿날 고모가 "언니 어젯밤 TV 봤어요? 어제도 한 여자가 거기서 또 자살을 했대요." 하루에도 몇 번 이런 사고가 난단다. 뉴스를 보고 있어도 도저히 알아들을 수가 없었기에 또 한번 언어의 불편함을 실감했다. 아침에 배가 고팠다. 다들 아침은 어떻게 하실 건가? 옆방에 계시는 고모네와 시아버지로부터 통 반응이 없다. 얼마 후에 빵 먹으라고 노크를 하신다. 아침 일찍 시내에 가서 사 오신 모양이다. '나도 좀 데려가시지 토론토 시내 풍경도 궁금하고 빵을 살 때 뭐라고 얘기하는지.' 궁금한 게 한두 가지 아닌데 아쉬운 마음이었다. 이렇게 여러 곳을 다니는 동안 고모네 식구들과의 어색한 감정 불편한 생각들이 모두 사라져버렸다. 역시 여행은 우리를 기분 좋게 만드는구나 생각했다.

여행을 하면 경치도 좋지만 먹는 것도 그에 못지않게 중요하다. 우리 가족은 식사 때만 되면 한바탕 소동을 피운다. 주로 메뉴는 중국집이다. 음식이 놓인 접시들을 빙글빙글 돌리면서 식사를 하는데 마지막 나의 차례가 돌아왔을 때는 이미 남아 있는 음식이 별로 없었다. 좀 더 시키시지 항상 부족하다. 특히 아이들이 잘 먹는데다 큰 아들 민수는 수저로 푹 떠서 먹는다. 그러면 사촌 아이들이 소리를 지른다. "민수 NO." 라고 웃고 마는 풍경이었다. 며칠을 여행하고 다시 피츠버그로 돌아왔다. 그동안 우리 셋을 데리고 다니신 고모 내외에게 감사의 말씀을 전해드렸다.

다음날은 워싱턴 스프링에 살고 있는 막내 여동생 집으로 출발해야 한다. 고속버스(gray hound)를 타기로 했다. 버스 여행도 나름대로 재미있을 것 같았다. 중간중간 도시 마을로 들어가서 그곳 사람들을 태우고 다시 출발하는 것이다. 겉모양만 고속버스 같다. 고속도로는 끝이 안 보인다. 그런데 이 버스가 걱정이다. 우리가 내리는 도착지가 어디서 내려야 하는지 알 수가 없다. 우리나라 고속버스는 타면 종점까지 간다. 중간중간 버스 정류장으로 몇 번씩이나 들어갔다가 나오곤 한다. 그때마다 신경을 곤두세워야 하고 창밖을 살펴야 한다. 버스 탈 때 고모가 우리

앞 좌석에 앉은 사람한테 어디에서 내리면 되는지 알려 주라고 일렀건만 전혀 무관심이었다. 민수 성수는 여행이 고단했던지 차만 타면 쿨쿨 잔다. 그렇게 5시간이 지났을까 워싱턴이 가까이 왔음을 짐작했다. 멀리서 보이는 넷째 이모부가 두리번두리번 우리를 찾고 있다. 너무 반가워 버스 안에서 목청 크게 소리를 질렀다. 이모부! 우리 여기! 아들 둘을 데리고 정말 힘겹게 여행을 즐기고(?) 있다.

맨하탄에 있는 셋째 여동생과 제부가 우리를 여행시켜 준다고 넷째 네 집에 오셨다. 감사했다. 새삼 가족의 사랑을 먼 이국 땅에서 느껴볼 줄이야. 셋째 이모부는 영어도 잘하신다. 백악관, 링컨기념관, 베트남참전용사관, 박물관, 항공우주센타 다 기억이 안 난다. 구석구석 구경을 시켜주시고, 맛있는 음식에다 정말 친절하시다. 다음날 셋째 동생 내외는 맨하탄으로 가시고 우리는 며칠을 남은 가족과 여러 곳을 다녔다. 특히나 막내 여동생은 일도 잘 못할 줄 알았는데 어느날 부엌에서 어린 애기를 허리에 붙들어 매고서 요리를 하는 모습을 보고 내 마음이 짠했다. 다음날 행선지는 맨하탄이다. 워싱턴을 출발하여 볼티모어에서 갈아타고 뉴욕으로 가는 경비행기다. 조그마한 프로펠러가 앞에 두 개 달렸다. 아뿔싸! 이 비행기 또 출발을 안 한다. 뚱뚱하게 생긴 스튜어디스가 빠르게 설명한다. 그리고 난 후 사람들이 비행기에서 내려 버린다. 난 또 못 알아들으니 짜증이 난다. 앞으로 두 번 다시 아이들 데리고 해외 여행은 절대 하지 않으리라 마음 먹었다.그렇게 볼티모어에서 맛있는 음식도 사 먹으면서 아들 티셔츠도 기념으로 샀다. 앞뒤로 큰 그림이 새겨

져 있는 헐렁한 셔츠였다. 뉴욕에 도착하니 셋째 제부가 마중을 나오셨다. 공항 안에 짐 찾는 곳까지 들어오셨다.

셋째네는 맨하탄에 있는 조그마한 아파트이다. 이 두 분은 우리한테 친절하게 편안하게 대해주어 정말 마음이 편했다. 아침에 일어나면 제부는 야채쥬스도 맛있게 갈아 주신다. 새벽에 시장 가서 사온 신선한 야채라면서 또 아침 밥도 뚝딱 해 주신다. 내 여동생은 시집을 너무 잘 갔구나 세상에 이런 신랑이 어디 있을까 싶었다. 이렇게 과분한 대접을 매일 받으면서 행복하게 보냈다. 자유의 여신상, 록펠러센터, 엠파이어스테이트, 쌍둥이 빌딩(2009. 9. 11. 폭파되었음), 미술관, 박물관, 맨하탄 거리, 성당, 정말 기억들이 새롭다.

이제 마지막 여행지인 뉴욕 롱 아일랜드에 살고 있는 막내 고모네로 가야 한다. 이 또한 아이들 이모부가 자동차로 우리들을 그곳까지 데려다주었다. 그동안 정말 고맙고, 뭐라고 감사의 표시를 해야 할지 몸둘 바를 몰랐다. 나에겐 너무 고마운 분이셨다. 나중에 서울 도착해서 친정 아버지 어머니께 말씀드렸다. "엄마 진화는 하나도 걱정할 게 없어요, 최서방이 얼마나 좋은지 몰라. 나는 세상에 그런 사람 처음 봤어요." 아버지 어머니께서 퍽이나 좋아하시는 눈치였다. 마지막 여행지인 둘째 고모네 댁에 도착했다. 시아버지께서는 이미 피츠버그에서 뉴욕으로 와 계셨다. 고모는 점심 상을 푸짐하게 차려놓고 우리를 기다리고 있었다. 식사를 끝내고 제부는 맨하탄으로 가셨다. 정말 섭섭하였다. 다음날 동물원 놀이동산에 갔다. 아이들이 이곳저곳 놀이 기구를 타고 있는 동안 아버님께서 한구석에 앉아 약간 울적해 하시는 모습이 보였다. 왜 그러신가 했더니 아마 시어머님께서 살아 생전 계실 때 두 분이 함께 이곳을 오셨다고 하신다. 시아버지는 어머님과의 추억들을 되새기면서 우리랑 함께 여행의 의미를 느끼고 계셨던 것 같았다. 두 분이 함께 맥도널드 햄버거를 드셨던 기억들, 이런 여행의 발자취를 우리들과 함께 똑같이 하고 계시는 것이다. 정말 아버님은 정이 많으시고 아주 센티멘탈한 순수한 분이셨다. 그런 시아버지께서 2004년 11월 2일 세상을 떠나셨다. 나는 마지막 가시는 시아버지의 손목을 붙들고 엉엉 울었다. 이렇게 하여 한 달 가까이 여름 방학 여행을 끝내고 울산 집으로 돌아왔다. 우리 아이들과 나는 정말 뜻깊은 해외 여행을 했던 것 같다. 그냥 편안하게 여행했으면 기억에 별로 남지 않았을 것 같다.

작은 고모네랑 바닷가에서 놀았던 기억들, 풀장에서 파도타기 놀이를 하는 생각, 시장에 가서 바닷가재를 사와서 먹었던 기억들, 특히 우리 아들 민수만 두 개 먹으라고 했던 일, 이런 추억들이 너무 많다. 그로부터 24년이 지난 지금에도 꼭 어제 일처럼 기억이 되살아난다. 우리 아이들도 나처럼 그때의 여행의 즐거움과 소중함을 함께 느껴봤으면 좋았을 텐데… 지금은 어른이 되었으니 얼마마큼 기억들을 간직하고 있을까 모르겠다. 사진들을 보면서 또 한번 그때의 소중했던 행복함을 만끽해 보았다.

수도자의 아픈 고행처럼 나를 다스릴 수 있을 때

지연희 | 시인, 수필가

수도자의 아픈 고행처럼
나를 다스릴 수 있을 때

지연희(시인, 수필가)

　　신시문학 동인지 제5집 출간을 앞두고 있다. 시간은 매순간 빛의 속도로 달려오고 달려가는 모양이다. 매일 그 자리 그 곳에 서 있는 듯 싶은데 돌아보면 많은 것들이 시간의 두께에 닳아져 낡아가고 있다는 사실을 확인하게 된다. 그러나 시간은 열심히 노력하는 사람들에 대한 아름다운 성과를 흔적으로 남겨준다. 글을 쓴다는 일, 한 편 한 편의 거듭된 창작열은 눈에 띄는 성장의 나무로 보여준다. 어느 해보다 좋은 시, 좋은 수필이 많아서 2014년 신시문학 제5집 「바쁜 웃음꽃」은 봄날의 골목길 꽃향기처럼 문향을 피워내고 있다. 글은 어지러운 심신을 닦는 일이 아닌가 생각할 때가 있다. 한 편의 시나 수필을 감상하며 불쾌했던 마음이 평정을 찾게 되고, 분노에 찬 마음에 한 줄기 이해의 너그러움을 깃들게 하는 치유의 여유가 생기는 것이다. 한 해 동안 이룩한 창작의 흔적을 한 권의 동인지에 담아준 회원 여러분의 노고가 또 다른 시작을 향한 디딤돌이 되리라는 생각을 하며 작품읽기를 시작한다.

　　위급한 상황에 처하면 인간의 본성이 드러나게 마련이다. 무수한 생명을 앗아간 이번 참사는 사람의 양극단을 보여준 사례다. 가라앉는 배안에 갇힌 승객을 버리고 도망간 선원들이 있는가 하면, 목숨을 내던지고 승객을 도운 의로운 승무원도 있었다. 배가 기울며 벽이 바닥이 되자 열린 출입문을 닫아 탄탄한 바닥이 되게 만든 뒤, 수십 명을 구출한 박지영 승무원은 "언니도 어서 나가야죠"하자 "너희들 다 구하고 난 나중에 나갈게, 선원은 마지막이다"
하며 학생들을 도왔다 한다. 물이 차오르는 선실에 갇혀 구명조끼마저 친구
에게 양보한 어린학생도, 마지막까지 제자들을 구하려던 선생님도 안타깝게
목숨을 잃었다. 모두 거룩한 죽음이다. 생과 사가 교차되는 갈림길에서 스스
로 빛이 되어 삶을 완성한 이들은 세상을 밝히는 등대가 되었고, 캄캄한 어둠
에서 우리는 희망을 보았다. 가족 잃은 슬픔으로 깊은 절망에 빠진 유족들이
하루빨리 고통과 상처를 딛고 일어섰으면 좋겠다. 봄이 봄 아니고 꽃이 꽃답
지 않은 잔인한 계절이 느리게 지나간다.

- 강근숙의 수필 「광풍에 스러진 꽃잎」 중에서

부모님 돌아가고 자식이 나보다 키가 훌쩍 커질 즈음, 더 이상 그릇을 깨
는 일은 없어지는 것 같다. 이젠 쨍그랑 소리와 함께 마음의 그릇에 채워진
허무를 깨뜨려야겠다. 허무의 그릇을 깨는 것은 좀처럼 쉽지 않다. 다행히
운 좋게도 깨지지 직전에 살아난 못나고 투박한 그릇을 보니 덩그런 것이 나
의 모습을 보는 것 같다. 무엇으로 가득 채울지 언뜻 해답이 떠오르지 않는
다. 자신 없는 평계만 머릿속에서 빙빙 돌고 있을 뿐이다. 사방팔방 머리는
끝없이 뛰는데 다리는 늘 제자리걸음을 하고 있다. 태양은 언제나 떠오른다.
비록 거북이 걸음이지만 오늘도 아직은 파란 인생그릇에 가득 채울 뭔가를
위해 달려가고 있음에 행복하다.

- 류성신의 수필 「깨진 그릇」 중에서

강근숙의 수필 「광풍에 스러진 꽃잎」은 2014년 4월의 대한민국을 슬픔의 늪 속에
가둬놓고 쉽게 헤어날 수 없었던 아픔을 그려냈다. 수학여행 길에 오른 수백 명의 고

등학생들이 여객선 세월호의 침몰로 진도 앞바다 팽목항에 수장되어 온 나라가 장례를 치르던 일이다. 글을 쓰는 사람이라면 이 기막힌 참상을 풀어내지 않을 수 없었던 일이어서 다시 한 번 이 수필은 희생된 생명에 대한 위로와 모순된 사회구조를 반성하게 한다. '상복차림의 남자들이 서성이는 금촌역 광장은 비까지 내려 어둡고 침울하다. 우산을 받은 조문객 행렬은 끝없이 이어지고 무사귀환을 염원하는 노란 리본은 빗속에서 함께 눈물을 떨구고 있다.' 전국 어느 곳이든 끊임없이 이어지던 조문행렬이 그날의 아픔을 새롭게 한다.

류성신의 수필 「깨진 그릇」은 접시를 깨는 여자의 심경을 대신하고 있다. 아내와 며느리로 살면서 시어머니나 남편으로부터 겪게 되는 불화화음을 접시를 깨는 행위로 치유하던 시절을 담아내고 있다. 이가 빠지고 짝이 맞지 않는 쓸모없는 접시를 찬장 속에 넣어두었다가 분노를 삭이는 도구로 삼았다는 것이다. 벙어리 삼 년, 귀머거리 삼 년, 장님 삼 년으로 살아야 했던 시절의 며느리가 스스로를 다스리던 방편이었으니 요즈음 신세대 며느리에게는 먼 나라 이야기쯤으로 가당치 않은 일이지만 참는 것을 미덕으로 삼았던 시절의 실상을 전해주고 있다. '여자의 결혼은 수없이 접시를 깨는 일이다.' 인내로 스스로를 다독이던 여인의 삶을 내일을 여는 긍정의 의미로 다스리고 있는 수필이다.

> 한 곳 쏘아보는 불빛에 기가 질려
> 팔딱이던 심장도 엎드린 시간
> 수천 생각의 파란이 링거줄 따라
> 생. 사의 결을 움켜쥔
> 이승의 손잡이 하나 없는 허방일 것 같은 곳

긴장감이 살갗 아래까지 점령해오며

기억은 잠시 잠자려는지

붙어 있는 숨, 천상의 세계로 다리 놓고

그 방에 모인 모두가 한통속이 되어

내게서 뭔가 발굴하려는 듯 단호하다

집요할 것 같은 수술 도구들까지

출발 선상에서 카운트다운 기다리고

거부할 수 없는 순응

매의 눈과 손끝

삼엄하다

　　　　　　　　　　　- 김옥자의 시 「그 방에서」 전문

지난 한여름 잦은 비에

넘쳐흐르던 계곡물 잦아지고

늙은 산벚나무 기울어 깊은 계곡

서너 뼘 남짓 고인 물에

숲 사이 열린 하늘이 내려와

흰 구름 고요히 떠 있고

샛노란 낙엽 한 잎 맴돌아 내렸다

먼 등성이를 내려온 바람결이

너울처럼 쓸고 가는 산골짝

일찍 떠나는 검붉은 낙엽들이

새떼처럼 모여 앉은 바위 위로

가만히 떠 있는 한 조각 안개 구름이

아득히 먼 이야기로 흐른다

         - 이춘의 시「초가을」전문

    김옥자의 시「그 방에서」는 '그 방'이라고 하는 특정한 공간 속에 맡겨진 나에 대한 불안정한 심리가 엿보이는 시다. 파란 링거 줄에 잇대어진 생사의 경계를 넘나드는 긴장감이 인다. 수술실 침상 위에 누워있는 환자가 겪는 불안이 행과 행을 넘나들며 진술되고 있다. '이승의 손잡이 하나 없는 허방일 것 같은 곳/긴장감이 살갗 아래까지 점령해오며/기억은 잠시 잠자려는지/붙어 있는 숨, 천상의 세계로 다리 놓고/그 방에 모인 모두가 한통속이 되어/내게서 뭔가 발굴하려는 듯 단호하다'는 마취직전까지의 혼미한 생각을 전달한다. '집요할 것 같은 수술 도구들까지/출발 선상에서 카운트다운 기다리고/거부할 수 없는 순응/매의 눈과 손끝/삼엄하다'는 환자가 궁극적으로 보여주는 현장묘사는 불안 심리이며 벗어날 수 없는 현실이다.

    이 춘의 시「초가을」은 이른 가을의 선명한 화폭을 만나게 된다. '늙은 산벚나무가 기울어 깊은 계곡/서너 뼘 남짓 고인 물'로 산수화를 그리는 고요함 깃든 가을 풍경이다. 한여름 비에 넘쳐흐르던 계곡물이 잦아들고 서너 뼘 남긴 고인 물에 숲 사이 열린 하늘이 내려와 흰 구름 고요히 떠있어 하늘과 땅의 일체를 엿보게 한다. 샛노란 낙엽 한 잎도 덩달아 물 위에 내려앉는 이른 가을이 소리 없는 풍경을 만들어 내고 있다. '먼 등성이를 내려온 바람결이/너울처럼 쓸고 가는 산골짝/일찍 떠나는 검붉은 낙엽들이/새떼처럼 모여 앉은 바위 위로/가만히 떠 있는 한 조각 안개구름/아득히 먼 이야기로 흐른다'는 이 시는 가을의 역사가 시작되는 고즈넉한 흐름으로 독자의 시선을 고정시키고 있다.

　할아버지 술시중 들던 사랑채가 내년부터는 어머니의 노년 놀이터가 될 것이다. 그것도 어머니께서 적당히 불을 내시는 바람에 만들어진 효행이다. 할아버지께서 아시면 뭐라 하실까? 누가 봐도 이젠 불탄 흔적은 없고 할아버지가 지으신 옛 건물 일부를 헐고 누마루를 붙여지어 어머니께 바친 모습이다. 설사 사랑채를 어머니께서 불태웠다고 할아버지가 꾸중하실 분은 아니리라 믿는다.
　할아버지는 스물아홉에 홀로되어 시할아버지, 시아버지를 모시고 사남매를 키워오느라 갖은 고생을 다한 어머니의 한 많은 삶을 기억할 것이다. 오히려 생전에 따뜻한 말 한마디, 선물하나 해주지 못한 미안한 마음을 가지셨던 건 아닐까? 그래서 누마루라도 하나 짓도록 할아버지께서 적당한 선에서 불길이 꺼지게 하신 건 아닐까 엉뚱한 상상을 해본다. 할아버지와 손주들의 합작품이 된 사랑채 누마루가 후대를 위해 백년은 이어가길 기원한다.
　　　　　　　　　　　　　　　- 채수동의 수필 「사랑채와 어머니」 중에서

　인생은 슬픔과 아픔의 늪에서 허우적거리며 고통을 참아내며, 서로 용서하며 열정적인 사랑을 나누는 곳이다. 그러므로 버거운 고난을 견디다 못해 상처투성인 육신의 치유와 메마른 영적치유를 위해 하나님께 간절히 기도하는 곳이 바로 빛과 어둠 사이, 요나의 기도와 같은 우리 인생이다.

빛과 어둠 사이, 그림자 같은 세월 속에 파묻혀 어떻게 살아갈 것인가? 우주만물을 창조하신 하나님께서 그 만물을 우리에게 값없이 거저 주셨건만 감사할 줄 모르고 살아왔음이 무지했으며 부끄럽다. 그 아름다운 자연을 소중히 다루고 아끼며 정성껏 관리해야 한다는 마음 가득하다. 뿐만 아니라 지금도 여전히 호흡하고 있는 곳이기에 감사드리며 더욱 살아 볼만한 아름다운 곳이다.

- 장명순의 수필 「빛과 어둠 사이」 중에서

채수동의 수필 「사랑채와 어머니」는 사랑채 아궁이 가마솥에서 곰국을 끓이다가 화재를 내신 어머니가 사랑채 일부를 소실하고 만다. 오랜 나날 사용하지 않던 사랑채 아궁이에 불을 지피고 화재를 유발하지만 이틀 간 끓여낸 곰국을 아들의 점심상에 내어 놓는 어머니는 담담하고 당당하다. 결국 살아계실 때 할아버지가 손수 지으신 사랑채는 할아버지의 손때 묻은 흔적 일부를 허물고 두 손자의 손으로 사랑채는 증축보수되어진다. 어머니의 남은 생을 놀이터로 활용하게 된 사랑채는 두 아들의 효도로 어머니를 위한 새로운 의미를 여는 정점이 된다. 이 수필의 핵심적 주제는 사유가 어찌되었든지 사랑채는 어머니의 놀이터로 제공해 드리게 된 효행에 있다. 부모에 대한 효행심이 퇴락되어지는 이즈음 두 아들의 어머니 사랑이 가슴 훈훈하게 젖어든다.

장명순의 수필 「빛과 어둠 사이」는 빛과 어둠의 실체를 개념적으로 분석하며 인간이 소유한 삶의 의미와 비유하여 말하고 있다. 더구나 기독교적 정신의 굳건한 믿음으로 인간의 원초적 존재의미를 담고 있는 장명순 수필가의 수필은 하느님의 권능으로부터 시작된다. 하느님이 천지창조를 이루고 인간을 빚으신 이래 빛과 어둠의 세상이 이룩되었음을 기조로 말하고 있다. 삶이라는 세상은 슬픔과 기쁨 사이를 반복하는 일상의 연속이며, 빛과 어둠사이를 교차하는 시간 속에 흐름을 지닌다는 것이다. '버거운 고난을 견디다 못해 상처투성인 육신의 치유와 메마른 영적치유를 위해 하나님께 간절히 기도하는 곳이 바로 빛과 어둠 사이, 요나의 기도와 같은 우리인생이다.'라는 믿음으로 풀이하고 있다.

우리 동네 오래 된 은행나무 묵묵히 계시다

기침 가래 오줌 싸게 옻 가려움에 아파하면

심장 닮은 알맹이 다 내어 곱돌 약탕관에 생명을 내신다

공손수公孫樹

묵언의 깊은 세월에 자식을 생산하니

너는 분명 은행銀杏 은빛살구 옛 여인

짙은 향 노란겉옷 벗기면 하얗고 딱딱한 갑옷,

힘들여 깨어 보면 얇게 비치는 갈색속옷 입은

기다림에 농익은 가을 여인

황금빛 은행잎이 우수수 깊은 눈물을 쏟고

툭툭 섧게 내음새로 떨어진다

　　　　　　 - 한복선의 시 「가을 은행」 전문

검은 파고가 가슴을 후비고 들어온다

전신이 조각조각 물거품에 휘말려

허공에 대고 큰 소리 토해내 본다

참나무야 너는

몇 천 번이나 참아야 내 손잡아 줄 수 있으랴

송두리째 흔들리는 세상

유리 조각 흩어진 듯 서슬이 퍼런

내 안의 모든 것들 한 점 남김없이

하얗게 소멸시켜 줄 수 있다면

- 김순례의 시 「나에게」 전문

    한복선의 시 「가을 은행」을 감상한다. 이 시는 첫 행으로부터 존칭어로 시작되어 은행나무에 대한 공경의 의도가 깊음을 알아차리게 된다. '우리 동네 오래 된 은행나무 묵묵히 계시다' '심장 닮은 알맹이 다 내어 곱돌 약탕관에 생명을 내신다'는 극도의 존경심을 내포하고 있어 주목하게 된다. '오래된'이라는 시간성으로 인식하게 되면 나이가 드신 어른에 대한 공경일 수 있겠다 싶었다. 하지만, 심장 닮은 알맹이가 곱돌 약탕관에서 생명을 '내신다'는 자신을 비수어 누군가의 생명으로 내어 준다는 헌신하는 존재로서의 공경심을 확신하게 한다. 그러나 다음 행으로 구조된 '공손수公孫樹'라는 이름 귀족의 자손으로 받들고 있는 시인의 의도에 눈을 반짝 떴다. 은행나무가 왕후王侯의 후손, 귀족의 나무라는 것이다. 은행이 인체에 주신 의로움에 답하는 발상이어서 신선했다.

    김순례의 시 「나에게」를 읽는다. 김순례 시인은 어떤 바람의 흔들림에도 미동을 보이지 않는 잠잠한 시인이다. 수년을 지켜보고 있지만 무슨 말을 건네도 미소로 답하고는 더 이상 말씀이 없다. 또한 늘 감사하게 생각하는 부분은 보다 영글어가는 시문학의 발전상이다. 때가 묻지 않은 언어로 의미를 다루는 깊이가 만만치 않다. 시 「나에게」를 감상하며 '검은 파고가 가슴을 후비고 들어온다'는 첫 행의 묵직한 슬픔과 고뇌의 흔적이 적지 않은 아픔이라는 것을 알아차리게 된다. 얼마나 아픈 상처이면 '전신이 조각조각 물거품에 휘말려/허공에 대고 큰 소리 토해내 본다'는 것인지를 감지할 수 있다. '유리 조각 흩어진 듯 서슬이 퍼런/내 안의 모든 것들 한 점 남김없이/하얗게 소멸시켜 줄 수 있다면'하고 치유의 끈을 찾고 있다. 꾸준한 노력과 의지로 이룩한 결실이다.

<blockquote>

사무실 한쪽 모퉁이 자리

순간순간 그리워하면서 지나쳐 간 사람

아무나 무심히 어루만지다 돌아선 아쉬움

자리에 연연치 않아도 외로워하지 않는다

사랑 감돌아 두 손에 감싸인 행복

목마름을 채워주던 가슴 뿌듯함

이별은 견디기 어려운 슬픔의 순간

무작정 던져 나뒹굴어져 잊혀질 거야

보람과 즐거움 뒤엔 허무한 사연

전생이 있었는지 알고 싶지 않다

무엇으로 다시 만날지도 모른다

지나온 길, 거쳐간 사람, 그리고 만날 것들

갈증을 채워주고 친구 되어주고

</blockquote>

예쁜 나비 되어 꿈길 사랑만 간직할 거야
　　　　　　　- 김현찬의 시「종이 컵」전문

인생의 길이 끝났다고
절망의 나락에
서있을 때
어두운 언덕길을 걸어보라

한 걸음 한 걸음 헤집다 보면
별은 더욱 찬란히 눈을 뜨고
지구 위에 실핏줄처럼
움직일 것이니

나는 누구인가
찾을 길 없는 길이
현실의 칼날 위에서
겹겹이 처진 그물의 언덕이지
　　　　　　- 경용현의 시「언덕」전문

찬장 구석 오래된 깨진 그릇
해외 출장 갔던 남편의 지문이 스며있다
너무 예뻐 간직한 그릇

파아란 꽃무늬 감싸 안고 있는 둥근 접시

어쩌다가 언제 깨진지도 몰랐다

실금으로 벌어진 상처, 그러나 여전히 예쁘다

홀로 찬장 구석 한 쪽에 앉아

외로움 견디느라 얼마나 아팠을지

따뜻한 햇살은 얼마나 그리웠을까

　　　　　- 김교숙의 시「깨진 그릇」전문

　김현찬의 시「종이 컵」을 감상하면 삶이라는 넓은 바다에서 소외된 한 직장인의 모습을 만날 수 있다. 어딘가 자신이 없는 인물로 한 쪽 모퉁이 자리가 제 자리인 듯 서글프다. '사무실 한쪽 모퉁이 자리/순간순간 그리워하면서 지나쳐간 사람/아무나 무심히 어루만지다 돌아선 아쉬움/자리에 연연치 않아도 외로워하지 않는다'고 할 만큼 욕심조차 없다. 주어진 크기대로, 버려지면 버려지는 대로, 보다 나은 내일을 향한 미래를 설계하지 못하는 낙오자의 한 사람으로 종이컵은 존재한다. 더불어 '전생이 있었는지 알고 싶지 않다/무엇으로 다시 만날지도 모른다'는 극도의 자괴감 충만한 종이컵으로 동일시된 이 인물의 미래는 불투명하다. 그럼에도 불구하고 종이컵은 '지나온 길, 거쳐 간 사람, 그리고 만날 것들/갈증을 채워주고 친구 되어주는' 꿈길 속 가득한 나비의 꿈을 꾸고 있다.

　경용현의 시「언덕」은 삶의 길에 놓인 가파른 고비로 견디어 넘어야 할 장벽과도 같은 어려움을 말한다. 누구나 한번쯤 맞닥뜨렸을 고단한 인생길이다. 이 시는 희망의 메시지이며 교훈적 의미로 언어를 펼치고 있다. 다소 지시적인 언어로 '어두운 언덕 길을 걸어보라'는 주문이지만 참기 어려운 시련을 경험하다보면 절망도 희망이 될 수 있다는 메시지의 울림이다. '인생의 길이 끝났다고/절망의 나락에/서있을 때/어두운 언덕길을 걸어보라' 누구나 절망의 나락에 서면 그 어둠의 깊이로 체득되는 희망에 닿게 된다는 격려이다. '한 걸음 한 걸음 헤집다 보면/별은 더욱 찬란히 눈을 뜨고/지구 위에 실핏줄처럼/움직일 것이니' '언덕'이라는 제재로 설치된 이 시의 핵심적 의도는 고단한 언덕위에 맞이하는 '희망'이다.

김교숙의 시 「깨진 그릇」은 해외 출장 갔던 남편이 사다준 접시를 어느 날 깨뜨리고 버리기 아까워 찬장 속에 넣어두게 된다. 찬장 구석 오래된 '깨진 그릇'은 남편의 지문이 스며졌을뿐더러 너무나 예뻐 간직하고 있었다. 실금으로 벌어진 상처의 접시는 여전히 파아란 꽃무늬를 감싸 안고 있는 예쁜 모양이다. 이 시는 깨진 그릇과 시인이 만나게 된 소중한 인연을 여인의 따사로운 마음으로 감싸 안고 있다. '남편의 지문이 스며있는' 소중한 인연을 버릴 수 없는 아내의 사랑이다. 무엇보다 이 시의 후반부에 가 닿으면 '홀로 찬장 구석 한 쪽에 앉아/외로움 견디느라 얼마나 아팠을지/따뜻한 햇살은 얼마나 그리웠을까'에 대한 측은지심을 보여준다. '깨진 그릇'이 사물로서의 존재가 아닌 어느 공간 구석 한쪽에 버려진 사람의 모습으로 의인화 되고 있어 보다 큰 가치를 세운다.

신시문학 동인지 제5집 「바쁜 웃음꽃」 읽기를 마무리한다. 여러 편의 좋은 시, 수필을 감상할 수 있어서 행복했다. 그러나 아이러니하게 제아무리 좋은 시를 만났다 하더라도 작품의 가치는 그 한 작품으로 마무리 되는 일이며 이후 새로운 작품을 만나는 일은 산의 정상을 향한 첫 걸음처럼 또 다시 새로운 시작이라는 것이다. 늘 그 첫 작품의 낯설음에서 벗어날 수 없는 일이다. 좋은 작품을 생산하는 일은 어쩌면 마음 다스리기로부터 시작 된다는 사실을 실감할 때가 있다. 수도자의 아픈 고행처럼 나를 다스릴 수 있을 때 아름다운 창작이 하늘로부터 허용된다는 일임을 알게 된다.

바쁜 웃음꽃

신시문학 다섯 번째 이야기

바쁜 웃음꽃

신시문학 다섯 번째 이야기